季語で読む
徒然草
西村和子
飯塚書店

目次

季語で読む　徒然草

門松——改まる人心の妙

つれづれなるままに、日ぐらしすずりにむかひて、
心にうつりゆくよしなしごとを、そこはかとなく
書きつくれば、あやしうこそものぐるほしけれ。

『徒然草』序段である。誰もが一度は古文の教科書で読んだことのある鎌倉時代末期に書かれた随筆。筆者は俗名卜部兼好、出家ののちは兼好法師と呼ばれ、その出生は弘安六年（一二八三）頃。南北朝時代の観応三年（一三五二）頃に没したらしい。

出家後のこれといってすることもない日々、心にうつりゆくとりとめもないことを書きつけていったら、不思議にもの狂ほしい気持になったという。その「ものぐるほし」さを、四季の移りゆきに従って追体験してみたい。

序段と同じくらい有名なのが「折節の移りかはるこそ、ものごとにあはれなれ」で始まる一九段である。春夏秋冬の趣深い自然や行事、人々の暮らしぶりを、実に鮮やかに簡潔な文章で

言い止めている。今どきの文庫本でも三ページに足らぬ文章の中で、春めく頃から次の年が明けるまで、あれよあれよと絵巻を広げるように途切れなく一年が描かれる。

「あはれ」とは、しみじみとした情趣といった意味だが、この段に八回もこの語が鏤(ちりば)められている。のみならず「をかし」も三度。言うまでもなく『源氏物語』『枕草子』の季節感と美意識をふまえたものであるが、「同じこと、また今更にいはじとにもあらず」という兼好の思いは、今も変わらぬ四季折々の情趣を詠い続ける私たち俳人の思いそのものだ。「おぼしきこといはぬは腹ふくるるわざ」という語も、不変の情を言いあてている。

かくて明けゆく空の気色、昨日にかはりたりとは見えねど、ひきかへめづらしき心地ぞする。大路(おほち)のさま、松立てわたして、はなやかに嬉しげなるこそ、またあはれなれ。

この段を結ぶ一文である。太古から兼好の生きた時代、さらに現代まで絶えることのない時の流れと、新年を機に改まる人心との妙を際立たせた名文といえよう。

双六――「負けじと打つ」

双六の名人と言われた人に、その秘訣を尋ねたら、「勝たむと打つべからず。負けじと打つべきなり」と答えた。どの手が早く負けそうか思案して、その手を使わないようにして、一目でも遅く負ける手を使うべきだ。

その道をよく知った教えであって、身を修め、国を保つ道も、またこの通りである、と兼好は名人の言葉に修身や国家安泰の極意まで読み取っている。

双六は新年の季語で、正月の室内の遊びのひとつだが、その歴史は古い。現代の絵双六とは異なり、古くは盤双六と言って、盤上に陣を分け、対座した二人が賽を振り出し、目の数だけ白黒の石を進めて相手の陣に早く入ることを競った。インドから中国を経て、遣唐使によってもたらされたという。賭け事としても行われた。

このすぐ後の段に、「囲碁、双六好みてあかしくらす人は、四重五逆にまされる悪事とぞ思ふ」という或る聖の言葉を紹介している。「四重」とは殺生、偸盗、邪淫、妄語の四重罪。「五逆」は父を殺す、母を殺す、阿羅漢（最高の聖者）を殺す、僧（教団）の和合を破る、仏身を傷つけるという五逆罪を言う。

前段では双六の名人の言葉に感服しながら、この段では「ある聖の申しし事、耳にとどまりて、いみじく覚え侍る」と述べ、賭け事に熱中し過ぎる害も見逃さない。兼好は物事の両面が見えている人であった。

こんな段もある。「賭博で負けが極まって、有り金すべてを賭けようとする相手に対しては、決して打ってはならない。それまで負け通した男に、続けて勝つ機運が至ったのを知るべきだ。その時機を知るのを、よきばくち打ちというのだ」と、或る者申しき、と記しているが、これは明らかに博奕(ばくち)打ちの言葉。何事によらずその道の達人の言うことは傾聴に値する、という自在な価値観が窺(うかが)える。

こうした印象深い言葉を書き留めるうち、「世に従はむ人は、先づ機嫌を知るべし」という人生観に至ったのだろう。時機を察知し、機運をわきまえないと、人に聞き入れてもらえないし、心にも相反し、事は成就しない。時機がないのは「病をうけ、子うみ、死ぬることのみ」。この一節も重い。

さぎちょう——松明けの火祭

さぎちやうは、正月に打ちたるぎちやうを、真言院より神泉苑へ出だして、焼きあぐるなり。

正月の十五日、各地で今も行われる火祭の行事「左義長」すなわち「どんど」のいわれを記したもの。古くは「三毬杖」とか「三毬打」と書かれた。

正月に毬を打って遊んだ毬杖を、大内裏の真言院という修法道場に集め、神泉苑で焼き上げたのがそのはじまりだと説明している。木製のまりを打つ槌形をした杖を「ぎちょう」または、「ぎっちょう」と呼んでいた。

その際「法成就の池にこそ」とはやすのは、神泉苑の池を言うのである、と補足している。内裏の南にあった朝廷の庭「神泉苑」は、東西約二百メートル、南北四百メートルに及ぶ禁苑で、空海がここの池で雨乞いの修法をして雨を降らせたという言い伝えから、法成就の池と称されていた。現在は二条城の南にわずかにその跡が残っている。

『徒然草』には、こうした蘊蓄を語ったり、有職故実に詳しいことを披瀝した文章が多いが、この段もそのひとつ。

もともとは朝廷の行事だったものが民間に広がって、さらに各地に及ぶと、元来のいわれが不明になる。兼好の時代に既に「さぎちょう」の名の由来、はやし言葉の由縁がおぼろげになっていたのだろう。

歳時記の解説や考証も諸説紛々たるもので、「三」は三脚に組んだというもの、三毒退治、天地人の三才、三元張など、いずれももっともらしい。はやし言葉も「とんどや、おほん」「西域義長や東土や」「左義長や、東土や」「止牟止也」などさまざま。東日本では塞の神、道祖神の祭と結びつき、「塞灯焼」とも呼ばれる。

現代では注連飾や松飾を持ち寄って焼く行事だが、この火に書き初めを投じて高く燃え上ると、筆が上達すると言われ「吉書揚」とも呼ぶ。

いずれにしても松が明けた区切りの火祭で、この炎に人々はこの年の無病息災を祈り、諸道上達を願ってきた。今年も町の広場で、海辺の砂浜で、山国の雪の上で、人々の祈りの火柱が立つことだろう。

稽古始——未熟なうちから

新年を迎えて新たな思いでさまざまな習い事に取り組む日を「稽古始（けいこはじめ）」と言う。茶道、華道、謡曲、舞踊、音曲など伝統的な芸事をはじめ、柔道、剣道などの各種スポーツ、ピアノやバイオリン、バレエなどの子供達のレッスンにも言う。

「初釜」「初点前（てまえ）」「書初」「初硯（すずり）」「初謡（うたい）」「弾初（ひきぞめ）」「弓始」といった季語もある。「初句会」に臨む意気込みには格別なものがある。毎年この時期になると思い出されるのが百五十段である。

何かの芸能を身につけようとする人は、とかく下手なうちは人に知らせず、内々によく習ってから人前に出るのが奥ゆかしいだろう、と言うようだ。しかし、「**かくいふ人、一芸もならひうることなし**」と兼好は断言する。

まだ未熟なうちから上手な人の中に交じって、けなされ笑われるのにも恥じず、平気で過して努力する人が伸びるのだ。「**天性その骨（こつ）なけれども、道になづまず、みだりにせずして年を送**」ることが大切と説く。天分はなくても、たゆまず、いい加減にせず年を送れば、才能はありながら不勉強なのよりは、「**終（つい）に上手の位にいたり、徳たけ、人にゆるされて、双（ならび）なき名を**

得る事なり」。

下手なうちから恥ずかしがらず、稽古の場に飛び込んで、上手な先輩に交って習うことが一番だ。天下の名人といえども、始めは下手だと噂され、ひどい欠点もあったのだ。

されども、その人、道のおきて正しく、これを重くして放埒（ほうらつ）せざれば、世の博士にて、万人の師となること、諸道かはるべからず。

最後の一語が重い。この心構えはすべての道にあてはまるはずというのだ。それぞれの道に励む読み手に来し方を省みさせる力がある。また、これから何かを始めようとする人の背中を押してくれる。

名人は始めから名人ではなかったのだ。その道の決まりを正しく守り、身勝手をつつしみ、あきらめずに努力したから、世の権威と目され、万人の師と仰がれるようになったのである。

「**天性その骨なけれども**」「**堪能（かんのう）のたしなまざるよりは**」上手になるという信念は、確かにどの道にも通ずることだ。俳句とて例外ではない。句会で揉（も）まれてこそ上達するのだ。

雪の朝——心通う人は

「雪のおもしろう降りたりし朝(あした)」ある人のもとへ伝える事があって文(ふみ)をやった。現実的な用向きだったので要件のみで、雪のことは何も書かずに送った。

この時代は文使(ふみづかい)という役目の者がいて、現代のメールほどではないが、郵便よりははるかに速く届けられ、返事もすぐにもたらされたのである。そこには「この雪をいかが見ているかと、一筆もおっしゃらないほど野暮な人の仰せなど、聞き入れるはずがありませぬ。かえすがえすも情ないお心です」と書かれてあった。

ことわりの言葉としても相手の方が一枚も二枚もうわ手だ。兼好若き日の回想であろうか。恥じ入る態(てい)が見えるようだ。

この相手は女性にちがいない。敬語を駆使した柔らかなもの言いながら、手厳しく拒絶している。こうした日常の中の風雅を大切にする女性たちとの、やりとりやつき合いによって、彼の美意識は鍛えられ、価値観や人生観までもが育まれていったのだろう。

この段はすべて過去形で記され、大人に成長した余裕をもって、このかえり事を「をかしかりしか」と受けとめている。さらに「今は亡き人なれば、かばかりのことも忘れがたし」と結ばれている。

当時の文化人の教養として愛読された詞華集『和漢朗詠集』の中に、『白氏文集』の一節がある。

「琴詩酒の友皆我を抛つ、雪月花の時最も君を憶ふ」

川端康成がノーベル賞受賞講演に引いたことも記憶に新しい。私たちは雪が降るにつけ、月を眺め花を愛でるにつけ、心かよう人とその感動を分かち合いたくなる民族だ。折にふれて季節の情趣を共有できた人こそ、忘れがたき存在であり、亡きあとまでもこうして心に甦る。

『和漢朗詠集』では、この詩は「恋」ではなく「交友」の項に収められていることから、この段の相手は同性と取る向きもある。ともあれ、その亡きあとも雪の朝を迎えるごとに思い出す人があるのは素敵だ。同じ人物と思われる女性が、次の段にも語られている。月見の思い出とともに登場するのも心憎いことだ。

霜——若き日の兼好

北の屋かげの残雪が固く凍てつき、寄せてある牛車の轅（ながえ）も霜がきらめいている。ということは夜通し駐車してあったのだろう。

時刻は「有明の月さやかなれども、くまなくはあらぬ」頃、明け方の月の形ははっきりしているが、その光は隈無く照らすほどでもない。

場所は人目のない御堂の廊、登場人物は「なみなみにはあらずと見ゆる男」。「女となげしにしりかけて物がたりするさまこそ」まさに人目をはばかる逢引の場面である。何を語っているのやら、尽きない様子である。

あたかも通りすがりに見かけた情景のような筆の運びだが、凍てつく季節のこんな時刻、人通りも人目もあるはずがない。兼好自身の忘れ難い恋の思い出を、出家遁世後のまなざしで描いたものだろう。

その筆は徐々に二人に近づいてゆく。うなだれた髪かたちなど、とても素晴らしく、えも言えぬ香の匂いがさと薫ってくるのも趣がある。「けはひなど、はつれはつれ聞えたるもゆかし」。

季節の背景から場面描写に続いて、恋人たちの様子を視覚、嗅覚、聴覚によって描いている。この「けはひ」を多くの学者は語らいの声と訳しているが、詩人の佐藤春夫は「身動きのけはいなどが、時たまに聞こえてくる」と表現する。一日のうちでいちばん気温が下がるあかつきのことだ。女が寒いわ、とひと言呟(つぶや)いたら、男はどうするか。その身じろぎ、衣(きぬ)ずれの音である。

日本の文学は、こうした「けはひ」で読み手の体験や想像力に働きかける。さらに「ゆかし」の本意は、もっと近づいてゆきたい、見たい、聞きたい、知りたいという願望の語である。なんと心を誘う結びであることか。「兼好法師集」に、次のような歌が見られる。詞書(ことばがき)と共にじっくりと味わいたい。

冬の夜、荒れたる所のすのこに尻かけて、木高き松の木の間より、くまなくもりたる月を見て、あかつきまで物語りける人に

思ひいづや軒のしのぶに霜さえて松の葉わけの月を見し夜は

季節は冬、有明の月のもと、霜が下りたその辺に「尻かけて」女と「物がたり」する男の顔は紛れもなく若き日の兼好ではないか。

嚔（くさめ）——兼好の女性観

ある人が清水寺に参詣した折、道連れになった老いた尼が、道すがら「くさめ、くさめ」と言いながら歩く。その訳を尋ねても答えもせずなお言い続ける。たびたび問われて腹を立てた老尼は苛立たしげに言った。

「くしゃみをした時、こうまじないをしないと死ぬそうだから、比叡山に雅児（ちご）となっていらしたわが君が、今にもくしゃみをしておいでかと思うと気が気でないのですよ」。

くしゃみが出ることを古人は不吉なことと信じていた。突如魂が飛び出してしまうように思っていたらしい。たしかに突然のくしゃみは、当人もそばにいる人もたまげる。たまげるは「魂消る（たまげる）」ことだから、即座にまじないを口にして魂を鎮めなければならぬというわけだ。「くさめ」とは「休息万命急々如律令（くそくまんみょうきゅうきゅうにょりつりょう）」だとか「九足八面鬼」の略だとか、単なるくしゃみの擬声語だとか諸説あるが、要するに災いを除く呪文だ。

かつて乳母（うば）だった老尼が大切な若君を気づかうあまり、四六時中呪文を唱えているなんて、**「有り難き志なりけむかし」**と、盲目的な愛情に感じ入っている。はたから見ると愚かなまでの一途な母性には心動かされた兼好だが、女性一般に対しては好意を抱いていたとは言えない。

妻（め）といふものこそ、をのこの持つまじき物なれ。

で始まる一九〇段では、結婚を完全否定している。誰かの婿になったとか、女と共に住んでいるなどと聞くのは「**無下に心おとりせらるるわざ**」と軽蔑し、たいしたことのない女をいいと思っているのだと「**賤しくもおしはかられ**」、よき女でもしょせんは「**あが仏**」とあがめ奉っている程度だと決めつけている。

彼によれば家事の切りもりをしている女など「**いと口をし**」。子供ができたりして大切に育て愛しているのは「**心うし**」。夫が亡くなって後、尼になって年をとるありさまは「**なき跡まであさまし**」と手厳しい限りだ。どんな女性でも、「**明暮（あけくれ）そひ見むには、いと心づきなく、にくかりなむ**」というのが兼好法師の女性観だったようだ。

彼の言う理想的なありようは、時々男が通って来るぐらいが長続きする。不意にやって来て泊まったりするのはお互いに新鮮だ、ということになるらしい。

追儺——節分の豆撒き

源光忠大納言が追儺の儀式の際、上卿としてとりしきることになったので、洞院の右大臣殿に式次第について教えを請われた。右大臣は「又五郎を師とするよりほかの名案は浮かびません」とおっしゃった。その又五郎とは、老いたる衛士であって、宮中の儀式に習熟した者であった。

衛士とは宮門の警護をする役目で、身分の低い男だ。右大臣や大納言といった高位の人が、その男を頼りにするのがよかろうと言うのは、こんなエピソードが伝えられていたからだ。ある時、近衛殿が内裏で所定の場所に着座する時、軾という膝の下に敷くうすべりを、官人に敷かせる手順を忘れて、儀式を始めようとされた。又五郎は庭火を焚く役目で伺候していたのだが「先ず軾を召されるべきでしょうか」と、そっとつぶやいた。「いとをかしかりけり」と、兼好はその機転に感心している。

当時の貴族たちは儀式と規則としきたりにがんじがらめになっていて、いわゆる有職故実が、大きな価値規準であった。『徒然草』にも、現代人には無意味と思われる事柄が、「有識の人」

の言葉として紹介されている。のみならず、身分の別なくその道に明るい人の言葉は傾聴に値すると、兼好は書き止めている。

「追儺」とは読んで字の如く儺を追い払う行事で、十二月晦日(みそか)の夜、宮中や寺々、民間で「鬼やらい」「儺(な)やらい」として行われていた。宮中の儀式としては室町期に廃絶されたが、現在の節分の「豆撒(ま)き」として、民間には伝わっている。ちなみに月の暦を見ると、平成二十七年二月十八日が旧暦の十二月晦日にあたる。立春は既に過ぎているので「年内立春」というわけだ。

こんな話もある。常磐井(ときわい)の相国(しょうこく)殿が出仕なさる途中、天皇の勅命を下す文書を持った北面の武士と出会った。武士は相国殿に敬意を表して、馬から下りた。のちに勅書を持ちながら下馬したとはけしからぬ、という理由で、その武士は追放されてしまった。勅書を馬上で捧げて示し、目上の人に出会っても下馬してはならないのが決まりなのだ。

決まり事を守らないと、身をあやまることにもなったのである。相国を非情と取るか、おそるべし有職故実と受け取るか。

雪解（ゆきげ）――いかに生きるか

人間のいとなみあへるわざを見るに、春の日に雪仏を作りて、そのために金銀珠玉のかざりをいとなみ、堂を立てむとするに似たり。

豪華なお堂が完成しても、雪仏は解けてしまって、安置できようか。人の命もまだ寿命があると見ているうちに「**下より消ゆること雪のごとくなる**」のに、あれこれ将来のために計画し、期待することが甚だ多い。

人の命のはかなさを説くのに、これほどわかりやすく恐ろしい比喩を、他に知らない。何事も永続することは叶（かな）わぬ無常の世を、いかに生きるべきか、兼好は思索しつづけていた。

「**万（よろづ）の事は頼むべからず**」と説く二一一段は、小気味よきまですべてを否定している。「**いきほひありとて頼むべからず**」。強い者は先に滅ぶ。「**財（たから）多しとて頼むべからず**」。時の間に失いやすい。「**才（ざえ）ありとて頼むべからず**」。孔子だって不遇であった。「**徳ありとて頼むべからず**」。孔子の一番弟子の顔回（がんかい）でさえ不幸だった。「**君の寵（ちょう）をも頼むべからず**」。主君の怒りを被（こうむ）ればたちまち殺される。「奴(やっこ)したがへりとて頼むべからず」。下僕は反逆することがある。
人の志も必ず変ず。約束しても信頼は続かない。つまるところ、自他ともに当てにしなければ、「是(ぜ)なる時はよろこび、非(ひ)なるときはうらみず」。心を寛大にしていれば、喜怒の感情もなく、事物にわずらわされることもない。

一日の生活も、一生の間も、思惑どおりにはゆかない。すべてを「不定(ふじょう)と心得」よと説く一八九段。己れの醜さ、愚かさ、芸の拙さ、身の程、病の数、死の近きこと、未熟さ、欠点を知るべきだと説く一三四段はさらに厳しい。「かたちは鏡に見ゆ、年は数へて知る」。貪欲を恥じ、死が目前に迫っていることを知るべし、と告発されているようだ。

しかし、これらの強い語気は、すべて兼好自身に向けられたものであることを語っているのが一一二段だ。

「人間の儀式、いづれのことか去り難(がた)からぬ」。強い反語。「日暮れ塗(みち)遠し。吾が生(しやう)既に蹉跎(さだ)たり」。深い挫折。「諸縁を放下すべき時なり」。厳しい拒絶。この気持を理解できない人は、

物狂(ものぐるひ)ともいへ、現(うつつ)なし、情なしとも思へ。毀(そし)るとも苦しまじ。誉(ほ)むとも聞き入れじ。

理想の生き方を希求した兼好の心の叫びが聞こえる。

朧月――恋の思い出

結婚否定論者だった兼好法師であるが、女嫌いだったという訳ではなく、恋愛経験は豊富だったようだ。純粋な恋を尊重するあまり、お膳立てされた結婚や安易な夫婦関係を嫌悪していたと見られる。

しのぶの浦の蜑（あま）のみるめも所せく、
くらぶの山ももる人しげからむに、わりなく通はん心の色こそ、

と始まる二四〇段では、恋の醍醐味（だいごみ）を、歌の言葉を鏤（ちりば）めて主張している。忍び逢うにも人目が憚（はばか）られ、闇に紛れて逢おうにも女を守る親兄弟が多い。障害をものともせず女のもとに通う男の情熱こそ、

浅からずあはれと思ふふしぶしの、忘れがたきことも多からめ。

そんな一途な恋にはときめきがあるが、はじめから周囲が認めた結婚など気が引けるに違いない。「**世にありわぶる女**」が、不似合な老法師や成り上りの田舎者などの羽振りがいいのに目がくらみ、結婚に至るなんて実につまらない。いったいどんな言葉を交わすものやら。結ばれたのちも、二人で忍んできた年月のつらさや、「**分けこし葉山の**」などと語りあってこそ、話が尽きぬというものだ。

筑波山葉山しげ山しげけれど思ひ入るにはさはらざりけり　源重之

思ひかへす道を知らばや恋の山葉山しげ山分け入りし身に　建礼門院右京大夫

の歌に邪魔を踏み越えた恋路を確かめ合い、といった歌の心をふまえた語り合いを、兼好自身は理想として思い描いていたようだ。

しかし、現実はそうはゆかない。どうやら心惹かれていた女性が、第三者の世話で「**品くだり、見にくく、年も長けなむ男**」の妻におさまってしまったらしい。一般論のように書いているが、そんな二人ののちの思いを詳しく忖度しているのである。向き合っていても引け目を感じるに違いない。「いとこそあいなからめ」実にまったくつまらない、と強調しているが、そんな決めつけこそ、まったくよけいなお世話ではなかろうか。

その結論はこうである。

「梅の花かうばしき夜の朧月にたたずみ、みかきがはらの露分け出でむ在明（ありあけ）の空も」我が身の恋の思い出として懐かしむこともできない人は、はじめから恋などしない方がいいのだ。

梅――寒気の中で

「家にありたき木は、松、桜」を先ずあげて、次に梅について述べている。

梅は白き、うす紅梅、ひとへなるがとく咲きたるも、
かさなりたる紅梅のにほひめでたきも、みなをかし。

『枕草子』の「木の花は、濃きも薄きも紅梅」が思い出されるくだりだ。清少納言をはじめとする平安朝の女性たちは、濃くも薄くも紅梅が好きだったが、鎌倉時代の男性、兼好法師は、白梅と薄紅梅を愛でている。さらに「おそき梅は、桜に咲きあひて、覚えおとり、けおされて、枝にしぼみつきたる、心うし」と、咲く時期も重視している。たしかに寒気の中で凛と花ひらく梅は一重も八重も趣があるが、桜が華やかに咲く頃の梅は見劣りがする。
鎌倉前期の歌人藤原定家は、「一重の梅が先ず咲いて散っているのは潔くてとてもいい」と、一重の梅を軒近くに植えていた。今もなお京極のお屋敷の南向きに二本あるようだ、と、その

美意識に共感を示している。
「いづれも木は物ふり、大きなる、よし」という結論も堂々たるものだ。古木や大木に魅力を覚えるのは現代人も同じだ。

その紅梅の花の盛りの枝に、雉の番を添えてさし出すようにと、岡本関白殿が御鷹飼の下毛野武勝にお命じになったことがあった。武勝は「花に鳥をつけることも、一枝に二つつけることも、私は承知しておりません」と答えた。それならお前が思うようにつけて進ぜよと仰せになると、花もない枝に、一羽のみつけて差し上げた。

武勝が申すには、梅がまだ蕾の頃か、花が散った後につけるものだ。枝の長さから切り口の処理の仕方、雉を結びつける藤づるの種類、その先の撓め方、大きさ形まで、いとも細かく決まりがあるのだ。

しかも、沓の先が隠れるほどの初雪が降った朝、枝を肩にかけて中門から威儀を正して参上する。大砌という軒下の石畳を伝い、雪に足跡をつけぬようにし、雉の雨覆と呼ぶ羽毛を少しむしって散らしておく。これは、あたかもお飼いになっている鷹が、この雉を捕えたかのように見せる演出である。

兼好得意の有職故実の知識の披瀝だが、中世はやりの鷹狩の、何とこまやかで美しい配慮であることか。

剪定——専門家の洞察力

「高名の木のぼりといひしをのこ」の話は、『徒然草』の中で最も有名かつ心に残る段である。木のぼりの名人が人を指図して高い木の梢を切らせた折、とても危なそうに見えた時は何も言わず、降りる時に軒の高さくらいになってから、「あやまちすな。心しておりよ」と言葉をかけた。

そばで見ていた兼好が、このくらいなら、たとえ飛び降りても降りられるだろう。何故注意するのか、と問うたところ、「そのことなのですよ。目がくらんで枝が折れそうな所では、自分が恐ろしく用心するので何も言いません。過失はなんでもない所で必ず起こすものなのです」と言った。

「あやしき下臈なれども、聖人のいましめにかなへり」と、兼好はいたく感じ入っている。まさに人間の心理を突いた真実の言葉だ。蹴鞠でも、難しい所を蹴り出した後、安心すると必ず落してしまうということだ、と傍証も忘れない。この名言は、いつの時代のどの道にも通ずるものとして、私たちの心に深く刻まれている。

この木のぼりは何のためのものかというと、春先に行なわれる剪定（せんてい）の作業である。果樹の芽が伸びる前に枝を刈り込み、日当りをよくする。あるいは庭木の枝ぶりを整え、街路樹の繁茂を防ぐため、剪定鋏（はさみ）や鋸（のこぎり）の音が空に響く。これは春を告げる音でもある。クレーンなどなかった時代、木のぼりは必需の技（わざ）だったが、名人とても身分は低かった。

『徒然草』には身分の上下を問わず、その道の専門家の言葉が多く書き留められている。何事においても専門の道を熟知する人には、物事の本質や自然の摂理に対する洞察力が備わっていることを認めていたからであろう。この点が一時代前の『枕草子』には見られない視野の広さと論理性と言えよう。

こんな逸話も載っている。今出川の大臣殿が嵯峨へお出かけの時、小流れを渡ろうとして牛飼童（わらわ）の賽王丸（さいおうまる）が牛を追い立てたところ、水が跳ね上って牛車の前板までざぶざぶ掛った。同乗していた為則がとんでもない童だと悪しざまに言うと、大臣殿は不機嫌になり「お前は牛車の御し方を賽王丸以上に知るまい。お前こそとんでもない男だ」と、為則の頭を牛車にごつんとぶつけなさった。

涅槃会――美女にも心奪われず

きさらぎ十五日、お釈迦さま入滅の日、満月の明るい夜ふけ、千本の寺、大報恩寺の涅槃会に詣でた。うしろの方から入って一人で顔を隠して聴聞していると、上品な姿も焚きしめた香も、とびきりの女が、人をかき分けて坐り、膝に寄りかからんばかり。香の薫りが移ってくるほどなので、具合が悪いと思ってよけると、なおすり寄って来るので、その場を立ち去った。

これは二三八段に語られている兼好自讃七箇条の一つである。美女の誘惑を退けた自慢話だが、涅槃会の説教の最中に、わざわざ割り込んで来た香芬々たる女が、二度までも寄りかかってくるなんて、いささか「やらせ」の匂いがする。

案の定、その後ある高貴なお方に仕えている老女房が、とりとめのない話のついでに、「まったく野暮な人でいらっしゃると、あなたを軽蔑したこともあったのですよ。つれないお方とあなたを恨んでいる人もいるのですよ」と語る。「さあ、いっこうに思い当たりませぬが」と申し上げたが、さらに後になって、謎が解けた。

あの聴聞の夜、貴人の特別席から兼好の姿を見かけた方が、お付きの女房を飾りたててつかわして、聖人君子然としている兼好の反応を見ようと、試されたのだった。その誘惑に乗らなかったのだから、自分の道心もたいしたものだと、自信を深めたというところだろうか。見えすいた誘いに惑わされなかっただけのことだが、自分を試した相手に対する快哉の思いを読み取りたい。この貴人を男性と取る説と女性と見る説とがあるが、女性と読んだ方が奥行きは深まる。

陰暦きさらぎ十五日は、今年（平成二十六年）はひと月遅れの三月十五日にあたる。夜空には満月がかかるはずだ。これは十九年に一度巡ってくる符合で、太陽と月の運行が丁度一カ月のずれで重なる年なのだ。三月十五日、「**月あかき夜、うちふけて千本の寺に詣で**」ると、兼好と同じ季節感が味わえたはずだ。陰暦のきさらぎ半ばは春の匂いに満ちている。美しい月にも女性にも心奪われず、仏道を貫いた兼好の自讃も宜（むべ）なるかな。

千本釈迦堂の名で親しまれている大報恩寺の涅槃会は、現在は三月二十二日に行われ、この日だけ涅槃図が参観できるということだ。

桃李——現世のはかなさ

飛鳥川の淵瀬常ならぬ世にしあれば、時移り事去り、楽しび悲しびゆきかひて、花やかなりしあたりも人すまぬ野らとなり、変らぬすみかは人あらたまりぬ。

徒然草を貫いている無常観を表わした文章の中でも、最も知られた美文だ。人口に膾炙した和歌や文章や漢詩を、パッチワークのように綴り合わせて仕立てたもので、音読してみるとその効果と味わいはいっそう深まる。

世の中は何か常なる飛鳥川昨日の淵ぞ今日は瀬になる　　読人知らず（古今集）

と詠われたように、飛鳥川の流れは変化が激しく、淵と瀬が定まらない。世の中も同じ状態がずっと続くということはあり得ない。

紀貫之（きのつらゆき）は、古今集仮名序に「たとひ時うつり、ことさり、たのしびかなしびゆきかふとも、このうたのもじあるをや」と記している。「ゆく河の流れは絶えずして、しかも、もとの水にあらず」と「方丈記」を書き起した鴨長明は、「世にある人と栖（すみか）と、またかくのごとし」と、無常を強調している。

吉田神社の神職の家に生まれ、後二条天皇に仕え、二条派の和歌の道にも勤（いそ）しんでいた兼好が、三十そこその若さで出家遁世してしまった原因のひとつは、この無常にあると思われる。この世で何ひとつとして永遠なるもの、ゆるぎないもの、常なるものがない、という達観は、大いなる虚無感となって若き兼好を襲ったことだろう。

桃李（とうり）ものいはねば、誰とともにかむかしを語らむ。

桃や李（すもも）は年々変わらず花を咲かせるが、何も言わないので、誰とともに昔を語ることができよう。「桃李不言、下自成蹊（ふげん、かじせいけい）」とは中国の諺（ことわざ）だが、物言わぬ桃の花に、昔のことを問いかけたい思いを託した歌は「後拾遺集」にも見られる。

世尊寺の桃の花をよめる

ふるさとの花の物いふ世なりせばいかに昔のことを問はまし　　出羽弁（でわのべん）

平安時代に栄華を極めた藤原道長の邸の京極殿や、彼が建てた壮大な法成寺の荒廃を見るにつけ、「志とどまり、事変じにけるさまは、あはれなれ」。のちの世までの万全を期したものでさえ、こうして滅びるのだ。

されば、よろづに見ざらん世までを思ひおきてむこそ、はかなかるべけれ。

現世の「あはれ」と「はかなさ」を目のあたりにしてしまった兼好の、救いの道は出家しかなかったのだ。

菫――儚い恋の思い出

この世の無常を思い知るのは、大切な人との死別や恋人との別れを体験した時であろう。兼好によれば後者の方が痛切であるという。

風も吹きあへずうつろふ人の心の花になれにし年月を思へば、

としみじみ語り出す二六段は、過去形で恋が明かされる、掌中の珠のような段である。

桜花とく散りぬともおもほえず人の心ぞ風も吹きあへぬ　紀貫之
色見えでうつろふものは世の中の人の心の花にぞありける　小野小町

この二首を巧みにつなげて回想する年月とは、風も吹かないのに散る花のようにうつろう人の心と承知していながらも、恋人と慣れ親しんだあの日々。ということになろうか。

あはれと聞きし言の葉ごとに忘れぬものから、
わが世の外になりゆくならひこそ、
なき人の別れよりもまさりて悲しきものなれ。

兼好がこれほどまでに失った恋を悲しんでいる文章は他にない。心にしみたあの人の言葉のどれもこれも忘れてはいないのに、自分の生活にかかわりもない人になってゆく。それこそ死別よりはるかに悲しいことだ。

「わが世の外になりゆく」とは、自分の暮らしや人生に全く無縁の人になってゆく、という恋の終わりの形を言っている。そしてそれが「ならひ」すなわち世のならわしであると見ている。かつてあれほど恋しかった人が、今はかかわりもない存在である。それでも互いに生きている。この虚しい悲しさは、たしかに死別にまさる。「なき人の別れ」は相手を失うが、恋心を失うわけではない。

さらに堀川院の百首の歌の中から一首を引き、「さびしきけしき、さること待りけむ」と、背景の事情を思いやっている。

むかし見しいもが墻根は荒れにけりつばなまじりの菫のみして

昔逢った彼女の垣根も、今は荒れ果ててしまったなあ。茅花(つばな)まじりに菫が咲いているばかりだ。彼女はもうここに住んでいない。雑草の中の小さな菫の花は、はかない恋の思い出のようだ。

蕉村にもこんな句がある。

妹(いも)が垣根三味線草の花咲きぬ

三味線草はぺんぺん草。もう訪ねることもなくなった垣根である。

桜——八重よりも一重

「花」と言えば桜を意味するようになったのは、平安時代からの慣わし。日本人が最も愛する花である。毎年私たちは花便りを待ち、花盛りを迎えると花見に出かけ、花筵(むしろ)を敷いて花明りを浴び、落花を眺めては名残の花を惜しむ。

「花はひとへなるよし」というのが兼好の好みであった。

八重桜は奈良の都にのみありけるを、
この頃ぞ、世に多くなり待るなる。
吉野の花、左近の桜、皆ひとへにてこそあれ。

と、伝統的な花を重んじ、この頃はやりの八重桜は風変わりだが、しつこくてねじけている。家には植えたくもない、と好みをはっきり述べている。遅桜も時節に合わず興(きょう)ざめだ。毛虫がついているのも気味が悪い。

オーソドックスで、ごく普通の桜がいいというわけだ。その花のさかりはいつ頃になるだろう、とは、昔から人々の大きな関心事だったと見える。

花のさかりは、冬至より百五十日とも、
時正の後七日ともいへど、
立春より七十五日、おほやうたがはず。

とのみ記された段もある。「時正」とは春の彼岸の中日だから、七日後は三月二十八日。立春から七十五日目は四月二十日。さらに冬至から百五十日となると、五月二十一日……。これほどの幅をもってすればだいたい間違いはない、と日本全国言えてしまう。冬至や立春の頃から指折り数えて花のさかりを待つ人々を煙に巻くような段だ。さて、今年の花のさかりは何日だろう。

春の暮つかた、のどやかに艶なる空に、
いやしからぬ家の、奥ふかく、木だち物ふりて、
庭に散りしをれたる花、見過ぐしがたきを、さし入りて見れば、

庭の落花に誘われるように、心惹かれるままにとある家の中を覗いてみると、南の正面の格子は皆閉ざして寂しげであるが、東の妻戸が「よきほどに」あいている。「御簾のやぶれより見れば」兼好も昔物語の男君のように、垣間見は得意だったようだ。ここで女君を見出したというのなら、ありふれた恋物語だが、そこにいたのは、二十歳くらいの美しい男。くつろいではいるが、「心にくくのどやかなるさまして」机の上に本を広げて見ていた。「いかなる人なりけむ。たづね聞かまほし」素姓がわからないからこそ美しい思い出だ。

花――花は散っても

花はさかりに、月はくまなきをのみ見るものかは。


と書き起す一三七段は、『徒然草』屈指の章段と言えよう。桜は満開の時、月は満月だけが素晴らしいのだろうか。いや、そうではない。と、美意識と価値観を打ち出した名文である。

雨に向かって見えぬ月を恋い、家に籠ったまま春の行方を知らぬ思いでいるのも「なほあはれに情深し」と、成熟した大人のものの見方を称賛している。

古今集にも、

たれこめて春のゆくへも知らぬまに待ちし桜も移ろひにけり　　藤原因香（よるか）

とあるごとく、盛りに会うことができなかった桜を思う心も又、劣らず情が深いのである。

これから咲きそうな花の梢や、すでに散りしおれた庭などこそ「見どころ多けれ」と、花の咲くのを今か今かと待つ思いや、散ってしまった花を惜しむ心を大切にしている。歌の詞(ことば)がき（前書）にも、「花見に行ったところが、もはや散っていたので」とか「さしつかえあって出かけられなくて」などと書いてあるのは「花を見て」とあるものに劣っていようか。

花の盛りに出会って歌を詠むのは当然だが、すでに散っていても、さらには花見に行くことができなくても、なお歌を詠まずにいられない人の情の方が趣深いと、日本人の桜に対する情を見事に言いとめている。私たちは「花の散り、月の傾ぶくをしたふならひ」を持ち合わせている民族なのだ。

しかし、ものの表面しか見ない無風流な人は「この枝かの枝散りにけり。今は見所なし」などと言って見捨ててしまうのだ。ものの情趣を解する人ならば、もう見る甲斐がないと、決めつけたりはしない。

兼好の言うとおり、私たちは落花の風情を愛で、花盛りの短かさを惜しむ。俳句には落花ののちの「桜蘂降る(さくらしべふる)」という季語まである。

兼好の筆はさらに進み、恋のありようへと及ぶ。男女の情も、ただ逢っている時だけがいいのではない。思うように逢えない辛さを思い、はかない契りを恨み、長い夜を独り明かし、遠く離れた人を思い、荒れ果てた宿に昔を偲(しの)ぶことこそ本当の色好みだ。春は出歩かなくても、心に花を思えば趣深いものだ、とは、経験豊かな大人の言葉だ。

花見酒——酒ぎらい

「世には心えぬことの多きなり」と始まる一七五段は『徒然草』の中でも描写力に富んだ長文だ。

何かというと酒を勧めて、無理に飲ませておもしろがるのは解せない。勧められた方は「いと堪へがたげに眉をひそめ」目を盗んで盃の酒を「すてむとし」、隙を見て逃げようとするのを引きとどめてむやみに飲ませるので、きちんとした人も「忽に狂人となりてをこがましく」健康な人も見る見るうちに「病者となりて、前後も知らず倒れ臥す」。

「あくる日まで頭いたく、物くはず」うめき苦しんで、公私の大事な用事も忘れ、支障も起きる。「人をしてかかるめを見すること、慈悲もなく、礼儀にもそむけり」と、人に酒を無理強いする悪習を非難している。

続いて描かれる酔っ払いの様が実に具体的だ。思慮深く見えた人も、憚りもなく大声で笑い騒ぎ、おしゃべりになり、烏帽子は歪み装束の紐はほどけ、裾をまくったはしたない姿は、日頃のその人とも思えない。女は額髪を掻き払い、恥らいもなく顔を仰向けて笑い、盃を持つ人の手にすがりつき、下品なのはさかなを取って人の口に押しあて、自分もかぶりつく無様さ。

声の限り出して、各うたひ舞ひ、年老いたる法師めし出されて、黒くきたなき身を肩ぬぎて、目をあてられずすぢりたるを、興じ見る人さへうとましくにくし。

すぢるとは体をくねらせること。酒宴も大いに乱れてきた。

一方では自慢話を聞き苦しく吹聴し、酔い泣きしたり、ののしりあって喧嘩したり、果てはやらぬと言う物を奪ったり、縁から転げ落ち、馬や車から落ちて怪我をする。道をよろめき歩き、塀や門に向かって言うも憚るようなことをしちらかす。

「百薬の長」などと言うが、あらゆる病は酒から起こる。酒の異称は「忘憂」とも言うが、酔って過去の悲しみを思い出して泣いたりしているではないか。『梵網経』という仏典にも、「酒をとりて人に飲ませたる人、五百生が間、手なき者に生る」と仏は説いておられる。

酒を百害のもとのように言う兼好ではあるが「月の夜、雪のあした、花の本にて」心長閑に語りつつ酒を酌み交わすのは「万の興をそふるわざなり」と、花見酒はいいものだと認めている。

花見――得意満面の兼好

人をたくさん連れて花見をして歩き回った時、最勝光院（洛東の新熊野（いまくまの）あたりにあった寺院）の付近で馬を走らせている男を見て、「もう一度あの馬を走らせたら、馬が倒れて落ちてしまうでしょう。しばらく見てごらんなさい」と言って立ち止まっていると、又、馬を走らせた。止めようとして馬を引き倒し、乗っていた人は泥の中に転び落ちた。私の予言どおりになったので、人々は感心した。

これは御随身近友（ちかとも）の自讃七ヵ条にならって、兼好自身のささやかな自慢話を七つ記したうちのひとつである。暴れ馬の気性を見てとったか、乗り手の様子を注意深く観察していたのだろう。花見に浮かれて、男は酔っていたのかも知れない。近友の自讃七ヵ条とは、すべて馬芸に関わるささいな事どもであったというから、それにあやかったものと思われる。

こんな自慢話もある。常在光院（知恩院の境内にあった寺）の釣鐘の銘は菅原在兼（ありかね）卿が下書きをした。それを勘解由小路（かでのこうじ）行房朝臣（ゆきふさあそん）が清書して、鋳型に取ろうとした時、奉行の或（あ）る入道が下書きを私に見せた。

「花の外（ほか）に夕をおくれば、声百里にきこゆ」という句があった。「これは陽唐の韻を踏んだ文言と思われるが、とすると百里は誤りではないか」と申したところ、入道は「あなたにお見せしてよかった。これは私の手柄だ」と言って筆者に伝えたら「間違えました。数行（すかう）と直して下さい」と返事があった。

　鐘の銘文の韻の問題点を指摘した自慢話。表向きには入道の手柄となっているが、あれは実は自分の教養がものを言ったのだ。と打ちあけている。

　ついでにもう一つ。これも人を大勢連れて、比叡山の東塔、西塔、横川（よかわ）の三塔を巡拝した時のこと、横川の常行堂の中に龍華院と書いた古い額があった。「佐理（すけまさ）、行成（ゆきなり）のどちらの筆か疑問があって、いまだ決着がついておりません」と堂僧がもったいぶって申したので、「行成ならば裏書があるはずだ。佐理ならばないはず」と私が言った。額の裏は塵がつもり、虫の巣になってきたなかったのを掃きぬぐったところ、行成の位置、名字、年号がはっきり見えたので**「人皆興（きょう）に入る」**。兼好の得意満面が見えるようだ。

落花――散った後までも

天皇の御譲位の儀式が行なわれて、剣（草薙の剣）玉（八坂瓊の勾玉）鏡（八咫の鏡）の三種の神器を新帝にお渡し申し上げられる頃は、限りなく心細い。文保二年（一三一八）花園天皇から後醍醐天皇への譲位の後の春に、新院がお詠みになったとかいう歌、

殿守のとものみやつこよそにしてはらはぬ庭に花ぞ散りしく

主殿寮の下級役人が、もう用がないとばかりかえりみないものだから、掃きもしない庭に花が散り敷いていることだ。新院の淋しさと鬱屈した思いが、庭いちめんの落花にことよせられている。この歌は『拾遺集』の「殿守のとものみやつこ心あらばこの春ばかり朝ぎよめすな　源公忠」を本歌としている。清掃の役人よ、風雅の心があるならこの春だけは朝の庭掃きをするな。落花の風情を楽しませておくれ。待ち望んだ花が咲いたのを賞でることは言うまでもなく、散った後までも惜しむ心を日本人は大切にしてきた。悲しいことのあった春などはことさ

らに、失われゆくものを惜しむ情を落花のあわれに重ねていたのだ。

この年、新院はわずか二十二歳。位を譲った後醍醐帝は三十一歳。当時は皇室が大覚寺統と持明院統に別れて対立していた、いわゆる両統迭立（ていりつ）の時代だった。持明院統の花園天皇が譲位なさったとたん、仕えていた人々も新しい帝のお世話に忙殺されていたのだ。「今の世のことしげきにまぎれて、院には参る人もなきぞさびしげなる」と、三十六歳の兼好は時代の移り変わりと、人心の離れゆく様を書きとどめている。「かかる折にぞ、人の心もあらはれぬべき」と、冷静な言葉でこの段は結ばれている。

兼好は大覚寺統の後二条天皇に仕えたのだったが、和歌四天王の一人だった彼の心に、花園院の歌は深く沁みたのだろう。

『兼好法師集』の最晩年の作品に、こんな歌がある。

見し人もなき故郷（ふるさと）に散りまがふ花にもさぞな袖は濡（ぬ）るらん

知る人もなくなってしまった故郷に散り乱れる桜の花にも、さぞ涙で袖が濡れることだろう。俗世を捨てた兼好がはらはらとこぼすであろう涙が、幻の落花と二重映しになる哀切きわまりない歌だ。

蛤――「浜栗」が語源

貝覆（かいおおい）という遊びがあった。三六〇個の蛤（はまぐり）の貝殻を分離して、片方を地貝、他方を出貝として左右に引き離して並べ、対になるものを探し、取った数を競うものであったという。

はまぐりの語源は「浜栗」で、その形が栗に似ているからとも、グリ（小石）のように殻が固いからとも言われる。「蛤」の字は、殻が他の個体とは決して合致しないことと符合するようだ。それ故、貞節の意をこめて結婚の祝事にも用いられてきた。

肉は美味で春の季語。焼蛤、蛤鍋、蒸蛤などで楽しんだあとの殻も上品で美しい。飴や膏薬（こうやく）などの容器として使われた他、胡粉（ごふん）や碁石の原材料ともなった。

だが何と言っても優雅な用途は、この世にぴたりと合う片割れがひとつしかないという特徴にあやかった、貝覆に尽きるだろう。同じような形の数多くの貝殻を伏せて並べ、地貝と対になる出貝をひとつ選ぶ。合わなければ伏せて元に戻す。貝の内側には物語絵が描かれていたり、和歌の上の句と下の句が綴られたりしていた。現在私たちがするトランプの「神経衰弱」というゲームに似たものだ。教養と記憶力が試される知的かつ美的遊びであったため、平安末期から江戸時代初期まで、上層階級に盛んだった。貝覆の貝を入れる漆塗の貝桶は、嫁入り道具の一つであり、その名残を今も雛道具に見ることができる。

その貝覆をするにあたって、自分の前にある貝をさしおいて、よそばかり見て人の袖のかげや膝の下まで目を配る間に、目の前の貝を覆われてしまうものだ、と『徒然草』は説く。上手な人は、自分の近くの貝ばかり取るようでいて、結果的に多くを得る。いわゆる「おはじき」をするにも、目的の石を見るより自分の手元をよく見て弾くと必ず当たる。

万の事、外に向きて求むべからず、ただここもとを正しくすべし。

と、政道論へと話は及ぶ。宋の名臣の言葉にも「ただよいことを行なって、将来のことは問題にするな」とある。世を治める道もこのようであろう。内政が乱れると遠国が必ず叛く。その時になって国策を求めるのは「風にあたり湿った所に臥して、病気になってから神に祈るのは愚人だ」と医書にあるのと同じことだ。

蛙——鳴き声を愛で

後徳大寺大臣(ごとくだいじのおとど)の寝殿に、鳶(とび)を止まらせまいと縄を張ってあったのを、西行法師が見て、「鳶がいたって何の悪いこともあるまいに、このお邸の主人の心はその程度のものか」と幻滅して、主家筋であったにもかかわらず、その後は参上しなかったという。

この話は鎌倉時代に編まれた説話集『古今著聞集(ここんちょもんじゅう)』にも見られる有名な逸話であったらしい。兼好自身もある時、綾小路の宮（亀山天皇の皇子、性恵法親王(しょうえほうしんのう)）のお住まいの小坂殿の棟に縄が引かれてあったのを見て、西行の例を思い出した。

すると、「烏が群れて池の蛙を取るので、宮様が悲しまれてこうなさったのです」と人が語ったので、慈悲に満ちたことと思えた。「**徳大寺にもいかなるゆゑか待りけむ**」と、外観だけで判断することを戒めている。

冬眠から覚めた蛙は水辺に群らがって水中に卵を生む。孵(かえ)ったばかりのおたまじゃくしが無数にかたまっているのは、鳥や動物のかっこうの餌食だ。

『古今集(こきんしゅう)』の序に「花に啼(な)く鶯、水に棲(す)む蛙(かはづ)の声を聞けば、生きとし生けるもの、いづれか歌をよまざりける」とあり、和歌では声を愛でるものだった。俳句では蛙子（おたまじゃくし）とともに春の季語である。

「大方は家居にこそ、ことざまはおしはからるれ」と兼好は住まいによって住む人の人柄も推察できると見ていた。世捨て人の彼にとって、家は仮の宿りにすぎないのだが、住居が似つかわしく好もしいのは「興あるものなれ」と、住居論から人物論へと展開を試みている。

よき人の、のどやかに住みなしたる所は、さし入りたる月の色も、一きはしみじみと見ゆるぞかし。

徒然草には「よき人」という言葉が八例見られるが、身分が高く教養があり、上品で洗練された趣味の人を言っているようだ。そんな人の住居は月の光も落ちついて見えるのだ。当世風でも華麗でもないが、庭の木立も年代を経て、自然のままの草も趣がある。濡縁や透垣などの配合もよく、そこらの道具も古風な感じで心にくく見える。

それに対して、工夫を凝らして磨きたてた唐や大和の珍奇な調度を並べ、前栽の草木まで人工的なのは「見る眼も苦しく」主人の人柄のほどが知れるようだ。

聖霊会――天王寺の舞楽

何ごとも地方は下品で粗野だが「天王寺の舞楽のみ都に恥ぢず」と言ったところ、天王寺の伶人（雅楽奏者）がその秘伝を明かしてくれた。天王寺は聖徳太子が建立した我が国最古の大寺、大阪の四天王寺である。

「当寺の楽は太子在世中に標準としたものが現存し、それを基準とするので、他所より優れているのです。それはあの六時堂の前にある鐘で、その音は黄鐘調と一致します。寒暑によって音の上下がありますから、二月の涅槃会から聖霊会までの間の音を標準とするのです」

金属で出来た鐘の音は、季節によって微妙に変化することをふまえ、ある時季の音と決めているという。それも、釈迦入滅の二月十五日から、聖徳太子の忌日の二月二十二日までという点が心憎い。

言うまでもなく旧暦で、今年（平成二十七年）の新暦では四月三日から十日にあたる。暑くも寒くもない、いい季節だ。

「黄鐘調」とは、雅楽の調子のひとつだが、鐘の音にも名づけられ、兼好は「凡そ鐘の声は黄鐘調なるべし。これ無常の調子、祇園精舎の無常院の声なり」と、その音調を讃えている。

祇園精舎はインドにあった寺院で、須達長者から釈迦に寄進された。無常院は病僧を収容する堂で、僧が死を迎えると、四隅の鐘が自然に鳴り出したと言われる。その音が黄鐘調だったのだ。「祇園精舎の鐘の声、諸行無常の響きあり」という『平家物語』の冒頭の文も思い出される。

金閣寺の前身である西園寺の鐘も「黄鐘調に鋳らるべしとて、あまた度鋳かへられけれどもかなはざりけるを、遠国よりたづね出だされけり」。理想の鐘の音を生み出すのは難しかったのだろう。

さて、四天王寺の「聖霊会」だが、九世紀初頭から舞楽を伴った法会の形をとっていたと言われ、現在も受け継がれている。四月二十二日、六時堂前の亀の池に設えられた石舞台の四隅に、大きな真紅の造花が立てられる。かつては貝で作られていたことから「貝の華」と呼ばれ、これも季語である。豪華でエキゾチックな装束の舞人たちの舞姿は言うまでもなく、衆僧の声明、のどかな鐘の音、ゆるやかな雅楽の調べは、春風と共に私たちを異次元へ運んでくれるようだ。

干潟――死期は不意に

春暮れてのち夏になり、夏はてて秋の来るにはあらず。

と説く一五五段ほど、日本の四季の移りゆきを的確に速やかに表現する文章はない。

春はやがて夏の気をもよほし、夏より既に秋は通ひ、秋は則ち寒くなり、
十月は小春の天気、草も青くなり、梅もつぼみぬ。

一年はまたたく間だ。しかもひとつの季節が完結して次の季節が始まるわけではない。春のうちにも暑い日はあり、やがて来る夏の気配を感じさせる。昼間は暑くても夜風は涼しくなり、虫の音も聞こえてくる。秋はすぐに寒くなり、冬のうちにも穏やかな小春の天気に恵まれ、春の兆しのように草も青み、梅も蕾(つぼみ)を持つ。

前の季節の名残りと、次の季節の兆しとが重なる、いわゆる「ゆきあい」を示す季語が実に

たくさんある。「春暑し」「夏めく」「夜の秋」「残暑」「新涼」「夜寒、やや寒、うそ寒、そぞろ寒」「小春」「春隣」。すべてこの一文から生まれたような季語だ。

「木の葉の落つるも、まづ落ちてめぐむにはあらず、下よりきざしつはるに堪へずして、落つるなり」と、自然界の様相をしっかり見て取った上での季節観である点、説得力に満ちている。この「つはる」という言葉、悪阻（つわり）の語源である。内側の新たな生命が、外に突き出ようとするエネルギーが、妊娠のきざしとしての「つはり」を引き起こすのだ。確かに落葉の後の枝々には冬芽がしかと育っている。

このように世に順応して生きる人は、時機というものを知るべきだ。何事もタイミングを計ることよってうまく事が運ぶのだ、と説くこの段は、あたかも処世術のようだが、次第に結論の深みへと読み手を誘（いざな）ってゆく。

「四季はなほ定まれるついであり、死期はついでを待たず」。四季の移りゆきには定まった順序がある。死の時は順序を待たない。これは怖い一文だ。兼好はここに至るために、ひと時も停滞することなく過ぎゆく四季を、あれよあれよと言う間に描いたのだ。

人は皆、死のあることを知っているが、のん気に構えているうちに、不意にやって来る。それは、「沖のひかた遥かなれども、磯より潮の満つるが如し」。ここでも自然を洞察している。沖の干潟を眺めているうち潮は後ろから満ちてくる。

山吹——花のむこうに女性の面影

「もののあはれ」は秋こそ優(まさ)っていると人ごとに言うようだが、それもたしかにそうなのだが、「今一(ひと)きは心もうきたつものは、春の気色にこそあめれ」と、『徒然草』では季節の情趣の最初に春の風情をあげている。

鳥の声なども、ことの外(ほか)に春めきて、
のどやかなる日影に墻根(かきね)の草萌えいづる頃より、
やや春深く霞みわたりて、花もやうやうけしきだつ程こそあれ、
折しも雨風うち続きて、心あわたたしく散り過ぎぬ。

一文の中に春めく頃から桜の散るまで、あれよあれよと春が移りゆくさまが実にスピーディーに言いとめられている。囀(さえず)り、春めく、のどか、草萌(くさもえ)、春深し、霞、花、落花と、季語の原型がたたみかけられ、その季節の人の心の落ちつきの無さが、自然の変化と一体であることに気

づかされる。

「青葉になり行くまで、よろづにただ心をのみぞなやます」という実感は、桜がようやく咲き始めた頃から、花の盛りを待ち続け、折しも襲う雨風に気をもみながら過ごす日本人の春の思いを言い当てている。それは現代に至るまで変わらない。

ひさかたの光のどけき春の日にしづ心なく花の散るらむ　紀友則
世の中にたえて桜のなかりせば春の心はのどけからまし　在原業平

といった歌が毎年思い出される。兼好もそうだったにちがいない。彼は二条派四天王とうたわれた、当代きっての歌人だった。

桜の花のみならず、ほかの木の花にも心をとめている。花たちばなは言うまでもなく、「なほ梅のにほひにぞ、古へのことも立ちかへり、恋しう思ひいでらるる」。これは恋の思い出だ。何故なら、

さつき待つ花橘の香をかげば昔の人の袖の香ぞする　読人知らず

をふまえているから。嗅覚に訴えてくる記憶ほど鮮やかに甦るものはない。花たちばなの香に

昔の恋人を思い出した女性のように、梅の香に昔のことが鮮明に立ちかえったのだろう。

山吹のきよげに、藤のおぼつかなきさましたる、
すべて思ひすてがたきこと多し。

花の様子を描いたくだりだが、それぞれの花のむこうに、女性の面影が読み取れる気がするのは、私だけだろうか。

御忌(ぎょき)——法然上人の教え

ある人が法然上人に、「念仏を唱える時、眠気におそわれて行がおろそかになるのですが、どうしたら防げるでしょうか」と申し上げたところ、「目がさめている間念仏なさい」と答えられた。

何やら頓知問答のようだが、「いと尊かりけり」と兼好は感じ入っている。よくよく考えてみると、実に大らかな柔軟性のある教えである。眠気がさすなんて真剣味が足りないのだ、とか、緊張して行に臨め、と言うのは簡単だが、眠たくなってしまうのは身体の自然現象だから仕方がない。それより目が覚めている時間の方がはるかに多いのだから、「目のさめたらむ程(ほど)念仏し給へ」のひと言は理にかなっている上に、大きな優しさに包まれたような気がする。

浄土宗の開祖として知られる法然上人は、美作(みまさか)の人。九歳で父の急死に遇い出家し、比叡山で天台宗を学んだが、四十三歳の時、専修念仏によって極楽往生を願う教理に開眼。「南無阿弥陀仏」の六字の名号を唱える念仏が大事と説いた。既存の仏教からの弾圧により土佐に流されたこともあるが、一二一二年、八十歳で往生を果たした。

一二八三年生まれの兼好からすると、一時代前の人物だが、没後もその信仰は深く浸透し、現在に至っている。さらに徒然草には、「往生は確実と思えば確実、不確かと思えば不確かだ」「疑いながらでも、念仏すれば救われる」という法然の言葉を引き、「これも尊し」と讃えている。

その法然の忌日を「御忌（ぎょき）」と言い、京都の知恩院では四月十八日から二十五日まで、全国各地の僧と信者が集まり、大法要が営まれる。実は法然が亡くなったのは旧暦一月二十五日のことだから、新暦に置きかえてもせいぜい二月末か三月初旬の頃のはず。

明治になって新暦が採用された時、一月二十五日ではまだ寒中である。いっそのこともっと暖かくなって、皆が出かけやすい頃にしよう、ということになったらしい。ここにも融通無碍な法然上人の教えが生かされているといえよう。

京の人々は昔から御忌を一年の寺詣の始めとし、遊山気分で着飾って出かけたため、「弁当始（はじめ）」「御忌小袖」「衣裳競べ」といった季語も残されている。

卯月の曙——恋の思い出か

荒れたるやどの人めなきに、女の憚(はばか)ることある頃にて、つれづれと籠(こも)り居たるを、

まるで王朝の物語のような書き出しである。世間をはばかる節(ふし)のある女が、荒れた家に引き籠っている。そこへ或(あ)る人が「**夕づく夜のおぼつかなきほどに**」おしのびでお訪ねになった。犬が大袈裟に吠えたてるので、下女が出て来て「どちらからいらしたのですか」と問う。取り次ぎさせて中に入ると、心細げな暮らしぶりが見えて、どのように過ごしているのだろうと気になる。粗末な板敷きにしばらく立っておいでになると、開け閉(た)ての不自由な引き戸から招じ入れられた。

室内はそれほど殺風景ではなく、灯し火は隅の方に仄(ほの)かに灯っているだけだが、調度や衣の綺羅(きら)など見えて、俄(にわ)かに焚(た)いたとも思えぬ焚き物の匂いがなつかしく住みなしている。「**門(かど)よくさしてよ。雨もぞ降る。御車は門のしたに。御供の人はそこそこに**」と侍女が指図している声が聞こえる。「今夜は安心して眠れそうね」と下女がささやき合っている声まで、手狭な家なのでかすかに聞こえる。

さてこの程のことども、こまやかに聞こえ給ふに、夜深き鳥も鳴きぬ。

やっと逢えた恋人たちの夜は短い。はやくも一番鶏が鳴いてしまった。それでも「来しかた行末かけて、まめやかなる、御物がたりに」時を過ごしていると、いよいよ「鳥も花やかなる声にうちしきれば」もはや帰らねばならぬ刻限だ。

忘れがたきことなどいひて、たちいで給ふに、

梢も庭もめづらしく青みわたりたる卯月ばかりのあけぼの、艶にをかしかりし、

本来ならばここで物語は終わるはずだ。が、ここまでは「或る人」の長い長い回想で、次の一行で兼好はその思い出話を聞き書きしたことになっている。

（をかしかりし、）をおぼし出でて、桂の木の大きなるが隠るるまで、

今も見送り給ふとぞ。

その一夜を思い出しなさって、今でも通りかかると庭の桂の大樹が隠れるまでふり返って見送られるということだ。聞き書きにしては遣戸（やりど）のたてつけの悪さや、下々（しもじも）の囁（ささや）きなど、描写が細かくリアリティーに満ちている。『源氏物語』の夕顔や蓬生（よもぎう）の巻にも似たような場面があるが、物語の書き手の筆を装って、自身の忘れ難い恋の思い出を綴ったものではなかろうか。

若楓——まさる人恋しさ

卯月ばかりのわかかへで、すべて万の花紅葉にもまさりてめでたきものなり。

家にありたき木を季節ごとに列挙した一三九段の夏はこう始まる。

楓の木は紅葉の美しさを賞美されることが多いが、初夏の若楓こそすべての花紅葉に勝ると兼好は賞讃している。「紅葉」は言うまでもなく秋の季語だが、「若楓」「青楓」の初々しい美しさも古来文学の題材として詠まれてきた。『万葉集』巻十四の東歌に、

子持山若かへるでのもみづまで寝もと吾は思ふ汝はあどか思ふ

と詠まれた「かへるで」とは、葉の形が蛙の手のようだというので名づけられた楓の古称。群馬県の子持山を毎日眺めている若者が、あの若楓が紅葉になるまで寝ていたい、君はどう思うか、と熱烈な求愛をした歌である。

『夫木和歌抄』夏の部の、

散りはてし桜が枝にさしませて盛りと見する若楓かな　藤原為家

には、桜の花に気を取られているうちに、いつの間にか瑞々しい緑を広げている若楓の生命力と、春から夏への移りゆきが存分に描かれている。

『源氏物語』の胡蝶の巻に描かれる若楓は印象的だ。雨の名残のしめやかな夕方、「御前の若楓、柏木などの、青やかに茂り合ひたるが、何となくこゝちよげなる空を見出し給ひて」光源氏は若い玉蔓を訪ねようと思い立つ。そしてその夜、養女である彼女に迫ったのである。若い生命力に刺激されて、中年の光源氏に、男の血が蘇ったのであろう。

『枕草子』にも、「花の木ならねは、かへで。桂。五葉」と、先ず楓の木をあげる。「かへでの木のささやかなるに、萌えいでたる葉末の赤みて、同じ方にひろごりたる葉のさま、花もいとものはかなげに、虫などの枯れたるに似て、をかし」と、楓の芽吹きから小さな花の様子まで、こまやかに描き取っている。

こうした自然観、季節感、美意識が、現代の私たちにも紛れなく受け継がれている。紅葉の名所を、若楓の頃にこそ訪ねてみよう。かつて読んだ「折節の移り変はるこそ」の一節、「若葉の梢涼しげに茂りゆく程こそ、世のあはれも人の恋しさもまされ」を実感することだろう。

競べ馬——上賀茂神社由来の季語

五月五日、賀茂の競(くら)べ馬を見に出かけたところ、大変な人出であった。車を降りて埒(らち)の際に行こうとしたが、すでに人垣が密集しており、とても分け入る隙がない。「埒」とは馬場に設けられた柴の柵のことで、「らちが開く」とか「らちも無い」「らちを越える」といった成語の源。埒によって堰(せ)き止められた人々で、後ろからは見えにくい状況になっていたというわけだ。

ふと見ると、向かいの樗(おうち)の木に登って木の股に座って見物している坊さんがいる。それが居眠りをして、何度も落ちそうになっては目を覚ます。これを見て人々は「なんて馬鹿なんだろう。あんなあぶなっかしい枝の上で、平気で居眠りするなんて」と嘲(あざけ)り笑う。

そこで兼好、心に思い浮かぶままに、「我等の死の到来は、たった今かも知れない。それを忘れて物を見て暮らしている。おろかなことはあの坊さん以上だ」と言った。すると前にいた人々が「まことにそのとおりですね。最もおろかでした」と、皆こちらをふり返って、「ここにお入り下さいませ」と、場所をあけて呼び入れてくれた。

自慢話の最後はこう結ばれている。これくらいの道理は誰でも思いつくのだが、こういう場合、思いがけない心地がして、人々の胸を打ったのだろうか。

人、木石にあらねば、時にとりて物に感ずることなきにあらず。

この物言い、さらには悟りきった立派なことを言いながらも、人々に招じられるまま見やすい場所に行く行動。兼好の俗世を捨てきれぬ半僧半俗の姿と矛盾を見る思いがする。

賀茂の競べ馬は、堀河天皇の寛治七年（一〇九三）五月五日、殿上人と女房達が菖蒲の根合せをした折、賀茂社に祈願した勝者が競馬を奉納したことが始まりと伝えられる。明治の改暦以後、一時は六月五日に変更されたこともあったが、大正の初めに新暦でも五月五日に行われるようになった。

現在、競馬が夏の季語であるのは、この上賀茂神社の競べ馬に由来する。今も五日の朝「菖蒲根合之儀」（しょうぶねあわせのぎ）が行われ、午後から新緑の美しい馬場で、古式にのっとった装束の男達による「競馬会之儀」（けいばえのぎ）が夕方までくり広げられる。

こどもの日――子を持って知る情愛

五月五日の「こどもの日」は、昭和二三年に制定された新しい行事だから、もとより徒然草の時代にはなかった。端午の節句は旧暦五月五日であるから、もっと後のこと。まして兼好法師は大の子ども嫌いで有名だ。身分の上下に関わらず「子といふものなくてありなむ」と公言して憚らない。

そう思っているのは自分だけではない。前の中書王も、九条の太政大臣も、花園の左大臣も、染殿大臣も「子孫なんかないのがいい。末裔が劣っているのは悪いことだ」とおっしゃった。聖徳太子が生前お墓を作らせた時も「ここを切れ、かしこを断て。子孫をなくそうと思うのだ」と仰せられたということだ、と例証をあげて子孫を否定している。

さらに「賤しげなるもの」のうちに「家の内に子孫の多き」と書き、子沢山を軽蔑している。言うまでもなく妻帯を否定した兼好には子どもがいなかった。

そんな兼好が珍しく殊勝なことを言っているのが「心なしと見ゆる者も、よき一言はいふものなり」で始まる一四二段である。

或る恐ろしげな荒夷が、かたわらの人に「お子さんはおありか」と問うた。「ひとりもありません」と答えると、「それでは物のあわれはおわかりにはなりますまい。情を知らないお心であろうと恐ろしく思われます。子があればこそ、すべての情愛は思い知られるのです」と言った。

孝養の心なき者も、子持ちてこそ親の志は思ひ知るなれ。

と、兼好はいたく感じ入っている。まさに「子を持って知る親の恩」というわけだ。

係累のない世捨人が、絆の多い世間の人を見て、あれこれへつらい、望みの多いのを軽蔑するのは間違いだ。その人の立場になってみれば「**誠に悲しからむ親のため、妻子のためには、恥をも忘れ、盗みもしつべきことなり**」と、心からの同情を寄せている。

従って盗人を捕えて罪を罰するよりも、世の人が飢えたり凍えたりしない政治を行なうべきだ、と話は政治論へと展開してゆく。人は「**恒の産なきときは恒の心なし。人きはまりて盗みす**」と、孟子や孔子の言葉を引いて、為政者が贅沢を止めて人々を慈しみ、農業を奨励すべきだと説く。子どもの人権と幸福を守る上に、今も大切なことと言えよう。

祭のころ――のちの無常観

灌仏（くわんぶつ）の頃、祭の頃、若葉の梢涼しげに茂りゆく程こそ、世のあはれも、人の恋しさもまされと人の仰せられしこそ、げにさるものなれ。

一九段「折節の移りかはるこそ」のつづきの一節である。「灌仏」は仏像に香水（こうずい）を灌（そそ）ぎかける灌仏会（かんぶつえ）、すなわち四月八日の釈迦誕生日の仏事。仏生会（ぶっしょうえ）とか、花祭として現在も行われている。「祭」は京都の賀茂両社の葵祭（あおいまつり）のこと。古くは陰暦四月中の酉（とり）の日に行われていたが、現在は五月十五日。「若葉」「涼し」「茂り」も夏の季語だ。

この季節こそ、世のあわれも、人の恋しさも増すものだ、と、ある人がおっしゃった。その言葉をしみじみと実感をもってかみしめている。初々しい若葉が青葉になりゆく頃、とりどりの花がひらく美しい季節、人の心も浄化されるようだ。

十九世紀のドイツの詩人ハイネも、

なべての莟（つぼみ）、花とひらく
いと麗はしき五月の頃
恋はひらきぬ
わがこころに（片山敏彦訳）

と歌っている。

さて、現代も引き継がれている葵祭の行列の見方について、兼好は一家言を残している。教養の高い人は花につけ月につけ、祭を見るにつけても、ただひたすら愛好する態度ではない。興ずるにしてもあっさりしている、というのだ。

「かたゐなかの人」今で言う観光客といったところか、そんな人々は行列が来ないうちは奥で酒を飲み、物を食い、囲碁、双六（すごろく）などゲームに興じ、桟敷（さじき）の見張りが「行列が来ます」と言うと、あわてふためいて我がちに走って見逃すまいと押し合いへし合い、ああだこうだといちいち批評する。行列が途絶えると、また奥で飲み食い。

ただ物をのみ見むとするなるべし。

とは、耳が痛い。

葵を掛け渡した祭の日の町は、何となく優雅だ。まだ明けきらぬうちから、桟敷に寄せる車がひそやかに、やがてきらびやかに行き交う。だが、夕方にはあれほど並んでいた車も去り、簾（す）や畳も取り払われ、見る間に寂しくなってゆくのは、世の姿そのものだ。

大路（おおじ）見たるこそ、祭見たるにてはあれ。

今日祭を見た人々もやがて皆この世からいなくなるのだ、と、その筆は一気に無常観へと至る。

薬玉――邪気を払う

賀茂の祭が過ぎたので、葵は不用だと、ある人が御簾にかけてある葵をみな取らせてしまった。いかにも情がないと思われたが、教養のある立派な方のなさったことなので、そうするのがいいのだろう。

とは書いたものの、兼好はどうも納得がゆかない。平安時代の歌人、周防の内侍が、

かくれどもかひなきものはもろともにみすの葵のかれ葉なりけり

と詠んでいるのも、御簾の葵が枯れ葉となってしまったことに言よせて、葵（逢ふ日）もなく枯れ（離れ）てしまった仲を嘆いているのだ。

古歌の詞書にも「枯れた葵につけて遣わした歌」というのも見える。『枕草子』にも、「**こしかたこひしき物、かれたる葵**」と書いてあるのは、とても懐しく思い当ったことだ。鴨長明の『四季物語』にも、「**玉だれに後のあふひはとまりけり**」とある。

古典を引き合いにして、枯れゆく葵は遠ざかる思い出のよすがであり、名残を惜しむ情の象徴であることを説いているのだ。

おのれと枯るるだにこそあるを、名残なく、いかが取り捨つべき。

美しい緑の生命力にあやかろうと、祭の日には挿頭(かざし)として身につけるばかりでなく、簾にも掛け、さらには「逢ふ日」と読む言葉を頼みにもした葵。その葵が自然に枯れるだけでも惜しく思われるのに、祭が済んだら不用だと、あとかたもなく取り捨ててしまうなんて、どうしてできよう。祭も自然も見どころだけを楽しむのではなく、その名残までも味わうのが、日本人の美意識ではなかったのか、という兼好の声が聞こえてくる段である。

葵ばかりではない。端午の節句に貴人の寝所にかけた薬玉も、九月九日の重陽(ちょうよう)の節句に菊と取り換えられるものだというから、菖蒲も菊の頃までそのままにしておくものなのだ。枇杷(びわの)皇太后が崩御(ほうぎょ)（一〇二七年）になった後、寝所の内に菖蒲や薬玉などの枯れたのがあったのを目にして、弁の乳母(めのと)が、

あやめ草涙の玉にぬきかへて折(をり)ならぬ音(ね)をなほぞかけつる

と歌った返事に、江侍従(ごうじじゅう)が、

　玉ぬきしあやめの草はありながら夜殿(よどの)は荒れんものとやは見し

と詠んだというエピソードも紹介している。薬玉は邪気を払う魔除として、端午の節句に簾や柱にかけたものだった。

愛鳥週間——自由を奪う罪深さ

五月十日からの「愛鳥週間」は、昭和二十二年アメリカのバード・デーに倣って始まったもので、季語としては新しいが、繁殖期を迎えた鳥たちに関わる季語は、江戸時代からあった。求愛の鳴き声は「囀」、雌雄の営みは「鳥交る」「鳥の恋」。産卵した卵を抱き、孵化ののち雛を育てる「鳥の巣」は、古くから和歌の題材ともなっていた。巣立ったあとの「古巣」さえ季語である。

一二一段には、鳥獣を飼うことへの節度が説かれている。馬や牛を繋ぎ苦しめるのは気の毒だが、馬は騎乗のため、牛は車を引かせるためになくてはならないものだから、やむを得ない。犬は家を守り防ぐことが人より勝っているので必要だ。「その外の鳥獣、すべて用なきものなり」と言い切っている。

走る獣は檻にこめ、くさりをさされ、飛ぶ鳥は翅をきり、
籠に入れられて、雲を恋ひ、野山を思ふ愁止む時なし。

閉じ込められ、羽の筋を切られて、自由だった昔を思う気持ちを、我が身にひきあてて考えてみて、耐えられないと思ったら、心ある人はこんなことを楽しむだろうか。

「生を苦しめて目を喜ばしむるは、桀紂が心なり」。桀は古代中国の夏の国王、紂は殷の国王で、ともに残虐な暴君として知られる。それと同じ罪を犯すことになるよと戒めている。

一方で、晋の書家、王羲之の息子で、風流の士として知られた王子猷が鳥を愛したのは、「林に楽ぶをみて、逍遥の友としき。捕へ苦しめたるにあらず」と例証をあげている。最後に「めづらしき禽、あやしき獣、国に育はず」という『書経』の文を引用して、鳥獣の自由を奪うことの罪深さを説く、説得力に満ちた段である。

ところで江戸中期の貞門の俳人北村季吟は、古典学者、歌人としても知られ、『源氏物語湖月抄』『枕草子春曙抄』『徒然草文段抄』といった優れた注釈書を残している。元禄二年、幕府の歌学方として京から江戸へ招かれ、時の五代将軍綱吉に『徒然草拾穂抄』を献上した。抜粋の注釈書である。綱吉と言えば「生類憐みの令」を発布したことで悪評高い将軍。果たしてこの段の影響があったのかどうか。

薬の日——心強い友

思ふべし。人の身に止(や)むことをえずしていとなむ所、第一に食ふ物、第二に着る物、第三に居る所なり。

実に簡潔明快な一文である。生きて行くのにどうしても必要なものを考えてみると衣食住に尽きる。言うまでもなく生活してゆく上には、国のため、主君のために止むを得ずなすべきことが多い。その余りの暇はいくばくもないのに、無益なことをして時を過ごす愚かな人が多い。そんな人々に「思ふべし」と、人生の根本を問いかける口調だ。

饑ゑず、寒からず、風雨にをかされずして、閑かに過ぐすを楽(たのしび)とす。

日々忙しくあくせく暮らしている人に、立ち止まって一番大切なものを考えさせる力がある段だ。しかも付言することを忘れていない。

「ただし、人皆、病有り」「医療を忘るべからず。薬を加へて、四つの事、求め得ざるを貧しとす」。衣食住薬の四つが欠けていなければ「富めり」。とする。それ以上のことを求め、営むのは「驕」である。この四つの事なら、倹約をすれば誰だって足らぬものはないはずだ、と兼好は言う。

「薬の日」という季語がある。旧暦五月五日に採った薬草は特別な効能があると信じられていた。「薬狩」「百草摘」とも言う。日本の歳時記の源である『荊楚歳時記』に「是の日雑薬を採る」とあることに由来する季語だ。この歳時記は中国の荊楚（揚子江中流域地方）の七世紀初頭頃の民間習俗を記したもので、何故その日に薬草を採ったかは、「五月は俗に悪月と称し、禁多し」という季節背景があったと思われる。

旧暦五月五日と言えば、新暦にすると今年（平成二十七年）は六月二十日にあたる。梅雨どきのじめじめした大気の中で、食べ物は腐りやすく、昔は疫病も流行した。五月の禁には食物の禁忌が多かったという。蒸し暑い雨の季節を無事に過ごすためには、薬草が不可欠だったのだ。

ところで『徒然草』一一七段には「友とするにわろき者七つあり」と数え上げた後に、「よき友三つあり。一つには物くるる友、二つにはくすし、三つには智恵ある友」をあげている。「くすし」は薬師、即ち医者である。現代でもこの三つは心強い友であることに変わりはない。

水鶏（くひな）――心淋しさを覚える情趣

五月（さつき）、あやめふく頃、早苗とるころ、水鶏（くひな）のたたくなど、心細からぬかは。

旧暦の五月（さつき）は、新暦では六月なかばに始まる。「あやめふく」は平安中期から行われている風習で、軒に菖蒲を葺（ふ）いて災いを避ける呪（まじな）いとした。蓬（よもぎ）を添えて葺いたり、土地によっては樗（あふち）を葺くところもあるという。

「早苗とる」とは苗代田から早苗を抜き取り、田植えに備えるころ、という意味で、田に水が引かれ山々の緑が映り込む季節でもある。「水鶏」は水郷や低地の水辺に生息する鳥で、その鳴き声がコツコツと戸を叩（たた）く音に似ているので、和歌に「水鶏叩く」と詠まれたことから、俳句の季語でも鳴くとは言わず「水鶏たたく」とされている。

里ごとにたたく水鶏の音すなり心のとまる宿やなからむ

藤原顕綱（ふじわらのあきつな）

『金葉集』にある如く、夕方から夜にかけて鳴く夜行性の鳥で、その声を耳にすると、古人はもの淋しさを覚えたのであろう。心淋しくないことがあるだろうか、と反語を用いて夏の情趣を強調している。最近は水鶏の繁殖に適した湿地が埋め立てられ、その声もあまり聞かれなくなった。

六月(みなづき)の頃、あやしき家に夕顔の白く見えて、蚊遣火(かやりび)ふすぶるもあはれなり。六月祓(みなづきばらへ)またをかし。

一九段の「**をりふしの移りかはるこそ、ものごとにあはれなれ**」の夏のくだりは短文だが、夏の代表格の「ほととぎす」には触れず、水鶏や賤(いや)しい民家の夕顔や、くすぶっている蚊遣火に心を止めている点、興味深い。

あやしき家の夕顔は、言うまでもなく『源氏物語』の夕顔の巻が思い起こされる。蚊遣火は和歌ではひなびた情緒が詠まれ、

山がつの蚊遣火たつる夕暮もおもひのほかにあはれならずや　　式子内親王

の歌も見られる。

また、蚊遣火は煙を出すために燻(く)ゆるものだから、「悔ゆ」或(ある)いは「下燃え」さらに「忍ぶ恋」を想わせる序詞(じょことば)、縁語でもあった。いかにも兼好ごのみの言葉でもあったわけだ。

「六月祓」は夏が終わる旧暦水無月の晦日(みそか)の夜、水辺で行われた「夏越(なごし)の祓」である。茅(ち)の輪くぐりをしたり、人形(ひとがた)に汚(けが)れを移して流して息災(そくさい)を祈る行事は、現在でも各地で受け継がれている。

コッ
コッ
コッ

鰹——東人と都人

鰹がおいしい季節になった。黒潮に乗って北上するこの魚は、春に四国沖から紀州沖へ、青葉の季節に相模灘沖にやってくる。その頃は脂が乗って最も美味とされるので、江戸っ子は初鰹のために千金を投じて惜しまなかったという。

しかし、『徒然草』が書かれた時代には、それほどの魚ではなかった。鎌倉の海に鰹という魚がいて、その地方ではこの上ない魚として最近もてはやされている。だが土地の古老が言うには、「わしらが若かった頃は、相当な人の前へは出なかった魚で、頭は下男も食わずに切り捨てたものさ」。こんなものでも、世の末になると上流の食卓にものぼるようになったのだ。と、いささか慨嘆気味に書かれている。

兼好は若い頃、武蔵の国金沢（現在の横浜市金沢区）に住んでいたことがあり、その後も何度か関東を訪れ、東国の事情にも詳しかった。東人と都人の相違に触れた一四一段は興味深い。

あづま人こそ、いひつることは頼まるれ。都の人は、ことうけのみよくて、実なし。

東人は信頼できるが、都の人は口先ばかりよくて誠意がない、と言った人に、悲田院(ひでんいん)の堯蓮(ぎょうれん)上人がこう弁明した。

「都に長く住んで馴染んでみると、都人の心が劣っているとは思えない。都の人はいったいに心が温和で、情が厚いので、頼まれたことをはっきり断われず、つい心弱く承諾してしまうのだ。偽るつもりはないのだが、貧乏で不如意な人が多いので、なかなか思い通りにはゆかないのだろう。

東は私の生国だが、実は心が単純で、人情も粗野で正直なので、できないことははじめからきっぱり断わってしまう。一般に豊かな人が多いので、人に信頼もされるのだろう」。

もとは武士だったというこの上人、言葉に訛(なまり)があって声も荒々しく、とても仏典のこまやかな教理などわかりそうもないと見ていたのだが、「この一言の後、心にくくなりて」兼好はその説を書き記したのだった。

時代背景は異なるものの、関西人と関東人の受けこたえの違いは、今なお歴然としているようだ。京大阪の人に「考えておきます」「あとで電話します」と言われたら、それは「ノー」ということだ。

洗鯉——包丁名人の見せどころ

当時、都の上流階級の人々は、どんな魚を召し上がっていたのだろう。代表格は中国で古来「魚之王」と称されていた鯉である。「鯉ばかりこそ、御前(ごぜん)にても切らるる物なれば、やんごとなき魚なり」と『徒然草』にもある。

そのの別当入道（藤原基氏）は、並ぶ者のない包丁の名人だった。ある人の所で立派な鯉を出したので、その座の者は皆、別当入道の包丁さばきを見たいと思ったが、気安く言い出すのもはばかられるので遠慮していた。

入道はその場の空気を読む人だったので、こう申し出た。

「このところ百日間鯉を切ることにしてますので、今日だけ休むわけにもゆきますまい。是非それをいただいて切りましょう」。

座が湧いたのは言うまでもない。実にその場に似つかわしくおもしろかったと、ある人が北山太政入道(だじょうにゅうどう)殿に申し上げた。

すると北山殿、「そういうやり方は嫌味だな」とおっしゃった。「切る人がないなら下さい。

切りましょう、と言ったら、もっとよかっただろう。なんで百日の鯉を切るなんてわざどらしいことを」。

兼好は別当入道の意図的な趣向よりも、北山殿の批判の方に共鳴している。

大方、ふるまひて興あるよりも、興なくてやすらかなるが、まさりたることなり。

だいたいわざとらしく振舞っておもしろそうに見せるより、趣向をこらさずあっさりしたのがいい、というわけだ。客のもてなしなども、しかるべき口実はなくたっていいのだ。人にものをやるにしても、理由などなしに「これあげましょう」と言うのが「**まことの志(こころざし)なり**」。傾聴すべき言葉である。さらに兼好は語る。惜しむようなふりをして欲しがらせたり、勝負の賭物(かけもの)などにかこつけるのは、見苦しい。

そんなことをした覚えはなかったか、思わず来し方をふり返らせる力のある段である。好意を示すのに理由はいらない。

さて、鯉そのものは一年中見られ食べられるので季語ではないが、「洗鯉(あらいごい)」は夏の味覚。刺身より薄身に削いで冷水で洗って身を緊(し)めた料理法は、いかにも涼感を呼ぶ。包丁の名人たる者、衆目を集めつつ鯉を切るに絶好の料理だったことだろう。

時鳥（ほととぎす）――初音を巡る談義

女がものを言いかけた時、すぐさま気のきいた返事をする男はめったにいない、ということで、亀山院の御代に洒落者（しゃれもの）の女房たちが、若い男が来るたびに「今年はもうほととぎすの声をお聞きになりましたか」と問いかけてみた。

兼好が生まれる前の逸話である。ほととぎすの初音を人より先に聞くことは、王朝人にとって自慢できることのひとつだった。『枕草子』にもその声を「いかで人より先に聞かむと待たれて」と語っている。

その時、なにがしの大納言とかは「**数ならぬ身は、え聞き候はず**」と答えられた。つまらない身分の私などは、まだ聞くこともありませんというわけだ。これには引き歌がある。

音せぬは待つ人からか郭公（ほととぎす）たれ教へけむ数ならぬ身を　源俊頼

数ならぬ身には習はぬ初音とて聞きてもたどる郭公かな　藤原為家

一方、堀川内大臣は「岩倉にて聞きて候ひしやらむ」とおっしゃった。山荘のある岩倉で聞きましたでしょうか。女房たちは「この答えが無難ね。数ならぬ身、なんて感じ悪い」などと批評し合った。教養をひけらかしたひねった答えよりも、さり気なく事実を、さあ、いつだったかなあとぼかして言う方がかっこいいというわけだろうか。

すべて男は、女に笑われないように育てるべきだという。浄土寺の前関白殿は幼ない頃、大伯母の安喜門院がよくお教えになったのでお言葉づかいなどがいい、とか、山階左大臣殿は下女の目がある時も大変気恥ずかしく用心なさる、と人々は語る。たしかに女のいない世だったら、衣服や冠がどうなっていようと身づくろいする人もないだろう。

しかし、こうまで人に気兼をさせる女が、どれほど立派かと思うと「女の性（しやう）は皆ひがめり」ここから兼好の筆は爆発する。「人我（にんが）の相深く、貪欲甚だしく、物の理（ことはり）を知らず」迷信に陥りやすく、言葉たくみなのに何でもないこともこちらが問う時には答えない。用心深いのかと思えば、あさましい事まで問わず語りに言い出す。

すなほならずして、つたなきものは女なり。
その心に随（したが）ひてよく思はれむことは、心うかるべし。

兼好、女によほどひどい目に合わされたものらしい。

素足——女の魅力には

兼好の女性に対する容赦ない否定的見解は、痛切な失恋体験に基くものに相違ない。『徒然草』のところどころには、女性との美しい思い出や、心惹かれる女性の姿や応待が記されていて、彼が決して女性の魅力に気づいていないとは思われない。

むしろ、烈しく苦しい恋に陥り、結婚に至ることはなかったものの、いまだに恋人の言葉が忘れられず、彼女との残雪の夜明け、朧月の思い出などを書きとどめておかずにはいられなかった。

出家後の兼好は、あれはすべて迷いだったと、心の内に決着をつけたものらしい。無知で浅薄、巧言令色、思わせぶり、もし賢女がいたら、そんな女は親しみにくいだろうと、救いようもなく女性を否定した一〇七段の最後は、

ただ迷ひをあるじとしてかれにしたがふ時、
やさしくもおもしろくも覚ゆべきことなり。

と結んでいる。

迷いを心のあるじとして女に従う時は、優しくもおもしろくも思われるにちがいない。つまり熱がさめて冷静になってみたら、色褪(あ)せて欠点ばかりが目にたつ、ということだ。

その迷いを分析しているのが八段である。「世の人の心まどはすこと、色欲にはしかず。人の心はおろかなるものかな」と、自他ともにおろかさを認めている。匂いなどは仮のものなのに、しばらく衣裳に薫物(たきもの)をしているのだと知りながら、えも言えぬ匂いには必ず心がときめく。汗の季節、昔の人々は袖の中にいい香りの花橘(はなたちばな)を入れたり、衣に香を薫(た)きしめたりしたものだった。それが現在の香水のはじまりで、夏の季語である。

久米(くめ)仙人が洗濯している女の脛(はぎ)の白さを見て、空を飛ぶ神通力を失って地に墜ちたという伝説がある。手足や肌がきれいで肥えてつややかなのは、仮のものではなく、肉体そのものの美しさだから「さもあらむかし」。仙人と言えども色欲に心まどわされるのは、もっともなことだと、嗅覚、視覚に訴えてくる女の魅力にはあらがえないことを認めている。

「女は髪のめでたからむこそ、人の目たつべかめれ」と、女の黒髪の魅力も兼好はしかと認めている。その黒髪に触れたこともあっただろう。「髪洗ふ」も夏の季語である。

暑し——目と耳で涼を感じる

暑い季節がやって来た。真夏日、猛暑日、熱中症にご注意、という言葉が毎日のように聞かれる。単に気温が高いだけでなく、日本の夏は湿度も高いので、人を疲れさせる。冷房も冷蔵庫もなかった時代、夏をしのぐことが人々の大きな課題だったと言っても過言ではない。

家の作りやうは、夏をむねとすべし。冬はいかなる所にもすまる。暑き頃、わろき住居は堪へがたきことなり。

京都盆地に暮らしていた兼好の生活実感に裏打ちされた住居論である。京都の夏はまさに堪えがたき暑さである。「極暑（ごくしょ）」「溽暑（じょくしょ）」「炎暑」「風死す」といった季語を、私は京都で体験した。夜も暑いのである。そんな日々が何十日も休みなく続くのである。

だからこそ、家の建て方は夏向きにすべきなのだ。冬はどんな所でも住める、とは、雪国の人の発想ではない。この段はそこのところをふまえて読まねばなるまい。

「深き水は涼しげなし。浅くて流れたる、遥かに涼し」。この水は庭に引き入れた流水のこと。盆地特有の気候は、朝夕の涼風など望めないので、せめて水辺の涼気を我が庭に、という工夫から生じた遣水（やりみず）の深浅を論じているのだ。あくまでも見た目の涼しさである。浅く流れる水はさざ波を生じ、かすかに奏でる。その音でも涼しげな気分を味わおう。

同じ水を引くなら庭にプールでも作って、ざんぶりとつかった方がほんとに涼しくなるではないか、という発想ではない。あくまでも目と耳で、ほんのわずかな涼気を感じ取ろうとするのだ。日本人の繊細な感受性は、こうして育まれた。

遣戸（やりど）は蔀（しとみ）のまよりもあかし。天井の高きは、冬寒く、燈（ともしび）暗し。

遣戸は引き戸のこと。蔀戸（しとみど）は上下に押しひらく戸で、通常は上半分しか開けないことが多かったので、部屋は暗く、風通しも悪かったのだろう。

この段の最後に、無用のところを造っておくのが見た目もおもしろく、万事の用に立っていいのだ、という意見を紹介している。「無用の用」が、家のつくりようにも大切なのだ。すべて用途の定まっている合理的な住居は、たしかに住む人のゆとりとあそびを奪うことになるだろう。

蛇——祟りを怖れぬ合理的判断

後嵯峨上皇が嵯峨の亀山の麓に仙洞御所を造営なさった時のことである。大井川の水を庭に引き入れようと、里人に命じて水車を作らせた。多額の銭を下さったので数日で取りつけたが、いっこうに回らない。

そこで今度は宇治の里人を呼んでこしらえさせたところ、やすやすと作り上げ、思うように回って水を汲み入れることができた。「万にその道を知れる者は、やんごとなきものなり」と、専門家の知恵を尊重した逸話である。宇治川は急流なので、古来水車の名所だったから、宇治の里人の方が水をあやつることに長じていたのだ。

亀山殿は大井川に近く、嵐山を見渡せる景勝の地であった。造営にあたって地ならしをしたところ「大きなる蛇、数も知らずこりあつまりたる塚ありけり」。大蛇が無数にこり固まって塚をなしているとは、現代人でもぎょっとする光景である。古くからこの土地の主としてとぐろを巻いている蛇を、掘り捨ててしまってよいものだろうかと大問題になった。

その時、徳大寺実基の大臣だけは、王者の地にいる虫が、御所の建設に際して何の祟りをするものか。「鬼神はよこしまなし。とがむべからず」と明析な判断をして、「ただみな掘り捨つべし」と奏上した。

「鬼神はよこしまなし」とは中世の諺（ことわざ）で、鬼神は道理にはずれたことをしないという意味。鬼と言っても万物の精霊をこう呼んでいたのだろう。

そこで塚を崩して、蛇を全て大井川に流してしまった。何の崇りもなかった。ものの怪（け）の力を怖れ、崇りに怯えていた平安時代の人々には見られなかった、新しい時代の合理的な判断と言えよう。

この徳大寺実基という人物について、こんな挿話も見られる。ある時、牛車の牛が庁舎の長官の座に上って、にれかみながら寝そべってしまった。重大な怪事だ。陰陽師のもとへ牛を連れて行け、と人々が騒いだ。

この大臣少しも騒がず、「牛に分別はない。足があるのだからどこにだって上るだろう」と、牛を持ち主に返し、寝そべった敷物を替えた。その後、何の凶事も起きなかった。「怪しみを見て怪しまない時は、怪事を成り立たなくさせるのだ」とおっしゃった。

馬冷やす——うるわしき勘違い

暑い日中、農耕や荷運びで働いた馬を夕方、川や湖沼に連れて行ってその体を洗ってやる。馬もそのひと時は心地よさそうに水に脚を浸してじっとしている。これを「馬冷やす」といって、機械化が進む以前の日本の、どこの山河にも見られる光景だった。

栂尾（とがのお）の高山寺の開祖、明恵上人（みょうえ）が、ある時通りがかりにこの情景を見かけた。馬洗うおのこが「あし、あし」と言っている。上人は立ち止まって、「ああ尊いことだ。前世の功徳が現世に実を結んだ方だ。阿字阿字（あじあじ）と唱えているぞや」。

勿論（もちろん）おのこは脚をていねいに洗ってやろうと、馬に脚を上げさせようと呼びかけたにすぎない。それが上人には梵語の第一母音「阿」の字と聞こえたのだ。密教では一切諸法の根元として尊ばれていたのである。

「いかなる人の御馬ぞ。あまりに尊く思われる」という上人の問いかけに「**府生（ふしやう）殿の御馬に候**」と答えたところ、「これはめでたきことかな。阿字本不生（あじほんぶしょう）ですからなあ。嬉しい仏縁を結んだことじゃ」と、感涙をぬぐわれた。

府生は役所の下級職員のことだが、上人には阿字が絶対的な存在で、不滅の真理を具現することを表わす「阿字本不生」に結びついてしまったのだ。常に仏法に心を占められている上人ゆえの、麗わしい勘違いと言えよう。

勘違いと言えば『徒然草』にはこんな話も載っている。丹波の国に出雲という所があって、出雲大社を勧請した立派なお宮がある。志太の某という人が聖海上人をはじめ大勢の人々を誘って参拝に行った。見るとお宮の前の獅子と狛犬は、背中合わせに立っている。それを見た上人、「いみじく感じて」ああめでたい。この獅子の立ちようは珍しい。きっと深いわけがあるのだろう、と涙ぐんで、「みなさん、こんなありがたいことが目にとまりませんか。しょうがない人たちだ」と言う。

そう言われれば他所とは変わっている。都へのみやげ話にしよう、と人々も言い出したので、上人はいっそうゆかしく思い、丁度通りかかった神官を呼びとめて由来を尋ねた。すると神官「それなんですよ。腕白どもが、またいたづらして」と、据えなおして行ってしまった。

羅——滅びと未完成の美

「うすものの表紙は、とく損ずるがわびしき」紗や絽などの薄い生地で表装されたものは、すぐにいたむのが困る、とある人が言ったところ、頓阿法師（一二八九〜一三七二）が、「羅の表紙は上下の縁がほつれ、螺鈿の軸は貝の落ちて後こそいいものだ」と言った。「心まさりて覚えしか」と兼好は感心している。

夏の季語としての羅は、薄絹で作った単衣の着物だが、その裂で作った表紙はたしかに傷みやすい。実用的ではないが、そこにこそ味わいがあると頓阿は見るのだ。夜光貝や鮑などの美しい光を発する貝を嵌めこんだ装飾を螺鈿と言うが、その貝が落ちてしまったら価値がないと、ふつうは思う。しかしそれを破損と見ず、亡びゆくものの美、愛着の末の姿と見たのだ。

また何冊かで一部となっている草子の、各冊の体裁が揃っていなければ見苦しいと人は言うが、仁和寺の弘融僧都は「ものを必ず完全に揃えようとするのは、未熟な人間のすることだ。不揃いなのがいいのだ」と言った。これもさすがだ。

すべて何につけても、事の完全に整っているのは「あしきことなり」。し残したのをそのままにしてあるのはおもしろく、気持がのんびりするものだ。世間の常識に逆らうような意見ではあるが、不完全、未完のものをよしとする見方に、ほっとするものを覚える段である。完璧なものは人を息苦しくさせるが、何かが欠けていることは、期待や想像の余地があり、「**生きのぶるわざなり**」と断言している。

その証左として、内裏（だいり）を造営するにあたっても、必ず完成させない所を残すと聞いたことがある。いにしえの賢人や聖人が作った漢籍や仏典にしても、章段の欠けているものが多い、と兼好は説く。

そう言われれば、『源氏物語』五十四帖も、「雲隠れ」は題名のみで、文章は欠けている。それだけに享受者は想像力を大いにかきたてられてきたものだ。

「美しい物の中には、あまりにも完全にでき上った時よりも、未完成のままの時のほうが光って見える物がある」。

これはフランスのモラリスト、ラ・ロシュフコー（一六一三―一六八〇）の『箴言集（しんげんしゅう）』の言葉である。洋の東西を問わず、文化が成熟してこその価値観と言えよう。

涼し——一瞬の涼気の実感

人は己れの節度を守り、奢りを退け、財を持たず、世俗に執着しないのが一番だ。「昔より、賢き人の冨めるはまれなり」と徒然草は説く。

もろこしの許由という人は、身につけた貯は何ひとつなく、水を飲むにも手で掬っていた。それを或る人が見て、瓢簞を与えたのだが、木の枝にかけておいたのが風に吹かれて鳴ったのが、かしましいと捨ててしまった。再び手に掬って水を飲んだ。

「いかばかり心のうち涼しかりけむ」と兼好は感動している。ここで言う「涼し」とは、体感ではなく精神的なものだ。どんなに心の中がせいせいしたことだろう。

思えば「涼し」という言葉は不思議だ。「暖か」が春、「暑し」が夏、「寒し」が冬の季語なのだから、「涼し」は当然秋のようだが、実は夏の代表的季語である。暑い一日の早朝や夜更のほんのひと時、あるいはわずか一瞬の涼気の実感をとらえた言葉なのだ。朝涼、夕涼、晩涼などの他に、「灯涼し」「星涼し」「月涼し」などとも言う。秋になってすっかり涼しくなった頃は「新涼」「秋涼し」と言い、明確に夏のうちの涼しさと区別されている。

「涼し」は気温によるものばかりではなく、心持ちの問題でもあることは、この言葉を日本人がどのように用いてきたかを見ればわかる。『源氏物語』には、「月影すゞしきほど」「いとすゞしきかゞり火に」「おもふ事かつがつかなひぬる心地して、すゞしう思ひ居たる」といった表現が見られ、体感よりも、精神的実感を表わしているようだ。
志賀で出家した友人へ送った藤原公任（ふじわらのきんとう）の歌にも、

さざなみや志賀の浦風いかばかり心の内の涼しかるらん　（拾遺集）

とある。
見るからに涼しい様子や雑念のない心境、人の言動がきっぱりして凛々（りり）しいことをも表わす言葉であるのだ。

このあたり目に見ゆるものは皆涼し　芭蕉

は視覚に訴えてくる涼しさを詠んだ土地ぼめの挨拶。

涼しさや鐘をはなるるかねの声　蕪村

は聴覚でとらえた涼気。

下々も下々下々の下国の涼しさよ　一茶

は、煩しさも気兼ねもない、すっきりした心のありようを季語に託して表わした句と言えよう。

玉樂筆
許由

蟻——人間の愚かさ

蟻(あり)のごとくにあつまりて、東西にいそぎ、南北にわしる。
高きあり、賤しきあり、老いたるあり、若きあり。
行く所あり、帰る家あり。夕(ゆふべ)にいねて、朝(あした)に起く。

人間がこんなふうに営々と行動しているのは何のためか。兼好は問いかける。

生(しやう)を貪(むさぼ)り利を求めてやむ時なし。

そんなに我が身を大切に養って、何を待っているのか。その答を兼好は容赦(ようしゃ)なくつきつける。「期(ご)する所、ただ老と死とにあり」。死期の来るのは迅速で、この一瞬の間にも近づいているのだ。「これを待つあひだ、何のたのしびかあらむ」。

何と冷徹な文章だろう。

「まどへるものはこれをおそれず」。名利に溺れて人生の最後が近いことを自覚していないからだ。「愚かなる人は、またこれを悲しぶ」。人生をいつまでも続けたいと思って、この世は変化しつづけるという道理を知らないためだ。

七四段は実に歯切れのよい力強い文体だ。兼好自身が悩み抜いた結果を、迷いなく記しているからだ。ここに至る前に、人間がいかにおろかであるかを並べたてたのが三八段である。

名利につかはれて、しづかなるいとまなく、一生を苦しむるこそおろかなれ。

先ず財宝を持つと自分の身が守れなくなり、害を引き寄せ、煩を招くもとだ。「**金は山に捨て、玉は淵に投ぐべし。利にまどふは、すぐれておろかなる人なり**」。

次におろかなのは高位高官を望むこと。愚者でも貴い家に生まれ、時に会えば高位につく。立派な賢人聖人でも不遇な人は多かった。

知恵と精神こそ世に優れた名誉を残したいものだが、それも人の評判を喜ぶにすぎない。褒める人、毀る人もいつまでも世にとどまらない。伝え聞く人々もすみやかにこの世を去る。

誉は毀の本なり。身の後の名残りて更に益なし。是を願ふも次におろかなり。

「おろか」を七度もくり返して至りついた結論は、

まことの人は、智もなく、徳もなく、功もなく、名もなし。
もとより賢愚得失のさかひにをらざればなり。
万事は皆非なり。いふに足らず、願ふにたらず。

と実に悲観的だ。

ところで、この三八段を原作とした「玄海つれづれ節」という映画があった。昭和六一年東映の制作だ。監督は出目昌伸。吉永小百合演ずる女性の浮沈に関わる人間模様を見終って、兼好の達観を思い出したことである。ちなみに出演陣は三船敏郎、草笛光子、樹木希林、風間杜夫、八代亜紀、仲谷昇といった顔ぶれ。

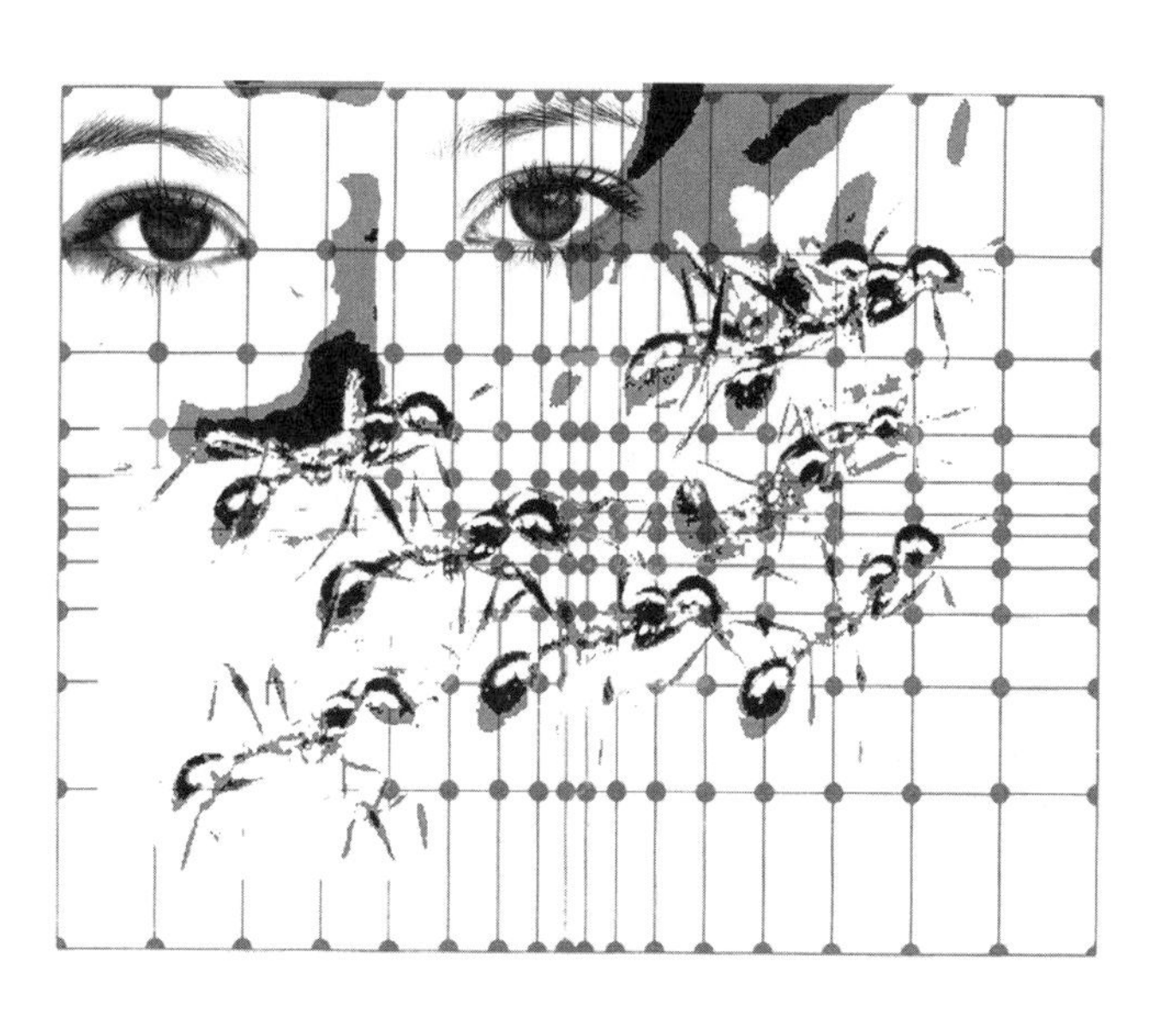

扇——三蔵法師と猫またの逸話

三蔵法師が天笠（インド）に渡って、故郷の扇を見ては悲しみ、病に臥しては故郷の漢の食物をほしがったりした、ということを聞いて、「あれほどの人物が、ひどく心弱い態度を、外国で見せてしまわれたものだ」とある人が言った。

その時、仁和寺の僧、弘融僧都が、「心の優しい情愛に満ちた三蔵であったなあ」と言った。弘融は兼好より四歳ほど年下の友人らしい。その感想を「**法師のやうにもあらず心にくく覚えしか**」と、兼好は感じ入っている。出家した法師は世俗の人情を超越したはずなのに、はるかな外国で心の弱さを素直に見せた三蔵法師。共感を示した弘融ともども、法師たる兼好も、ふと心が寄り添う思いがしたのだろう。

「扇」を最も使う季節は夏。三蔵法師が故郷を偲んだのは白絹を張った団扇だったという。日本では檜扇という板製から紙製となり、やがて折り畳み式の扇子が考案された。『源氏物語』などに「かわほり」と呼ばれる扇が出てくるが、「蝙蝠」すなわちこうもりの翼の仕組にヒントを得たものであるから。

さて、もう一ヶ所「扇」が出てくるのが八九段の猫またの話。高校の教科書にもよく搭載される段なので周知の話ではあるが。

「**奥山に猫またといふものありて、人をくらふなる**」と、ある人が言うと、山でなくてもこの辺でも猫の年をとったのが猫またになって、人を襲うことはあるものだ、と言う者もいる。それを聞いた何とか阿弥陀仏という法師が、自分もよくひとり歩きをするので、気をつけなければと思っていたある夜、連歌で夜ふかしした帰り道、噂の猫またが寄って来て、すぐさまとりついて首のあたりに喰いつこうとした。

肝をつぶして川へおっこちて「助けてえ。猫まただぞ」と叫ぶので、松明などつけて人々が駆けつけると、近所の法師だ。川の中から抱き起こすと、連歌の賞品に得た扇や小箱などがびしょ濡れ。命に別条はなく、這這の体で家に入った。

なんだか怖い話だが、最後の一行がふるっている。「**飼ひける犬の、暗けれど主を知りて、飛びつきたりけるとぞ**」。疑心暗鬼に陥ると、飼い犬がじゃれついて来たのさえ、怪物が襲うと見えてしまう、という話。

麻衣——出家遁世の意義

三十一歳までに出家遁世(とんせい)したと伝えられる兼好であるが、決して始めから行ない澄ました道心者ではなかった。隠棲(いんせい)後も関東を再訪しているし、二条派の歌人として歌壇で活躍したのは四十代以降のことである。

『徒然草』の中には、迷い多き兼好の心の内の自問自答と思われる章段がいくつかある。五八段もそのひとつと言えよう。表面は世捨人のあり方について他人の言葉に応じている形で書かれているが、これを兼好自身の心中の声と読むと興味深い。

「道心がありさえすれば、住む所はどこでもいいではないか。自宅で家族や社会と交わっても、後世を願うのは難しくないだろう」。

心の底から現世をつまらぬものと感じ、生死(しょうじ)を解脱(げだつ)しようと思うなら、朝夕主人に仕え家庭を顧みる甲斐(かい)があるだろうか。心は環境に左右されるものだから、静かな境地でなければ修行はできまい。

かと言って、山林に入っても飢えや嵐を防がねば生きては行けないのだから、世を貪(むさぼ)るに似たことも時にはある。「それでは世を捨てた甲斐がない。それなら何故世を捨てたのか」。

世捨人の望みは、勢いある人の旺盛な貪欲とは較べものにならない。紙の夜具、質素な麻の衣、一鉢の食料、藜（あかざ）の吸い物といった望みにどれほどの費用がかかろう。

「麻服」は今でこそ高級だが、麻衣は粗末な衣料の代名詞だった。「藜」は中国から渡来した夏野菜だが、野生化して一・五メートルほどの丈となる。その茎を乾燥させて作る杖は軽くて丈夫。若葉を食用とするが、これも決して贅沢（ぜいたく）なものではない。

兼好の至りついた結論はこうである。人間と生まれた以上は、何としてでも遁世するのが理想だ。生を貪って真の悟りに至らないのでは、万（よろず）の畜類と変わりがないではないか。

悩みや迷いに満ちた兼好だからこそ、出家遁世の本来の意義を考察せずにはいられなかったのだ。九八段にも同じような一節が見られる。「一言芳談（いちごんほうだん）」という浄土宗の高僧の法話を収めた草子の中から、心に残ったものを書き抜いた段である。


後世（ごせ）を思はむ者は、糂汰瓶（じんだ）一つも持つまじきことなり。

糂汰瓶とはぬかみそ瓶のことである。

秋草——野や庭の趣の深さ

「家にありたき木は、松、桜」と書き出した段の後半は、「草は山吹、藤、杜若、なでしこ。池には蓮」と草に筆が移ってゆく。

秋の草は、荻、すすき、きちかう（桔梗）、萩、女郎花、ふぢばかま、しをに（紫苑）、われもかう、かるかや、りんだう、菊、黄菊も。つた、くず、朝顔、

と秋草は殊に心惹かれるものが多い。名をあげてゆくだけでも、日本の秋の野や庭がいかに美しく趣深いものか、改めて知らされる思いがする。

いずれもあまり丈が高からず、ささやかな垣に繁茂しすぎないのがいい、と兼好は説く。一方で世にまれな珍しいものや、外来の名前が聞きにくく見なれない草花は「いとなつかしからず」と退けている。当時も舶来の珍種の花などが、羽振りのいい家の庭を飾っていたのだろうが、懐かしい感じがしない。昔から歌や詩に詠まれ、日本人の折々の思いが託されてきたもの

にこそ、心惹かれるということだろう。

おほかた、なにもめづらしくありがたき物は、よからぬ人のもて興ずるものなり。さやうのものはなくてありなむ。

これが兼好の価値観である。物事も珍奇でめったにないようなものは、教養のない人のもてはやすものだ。そんなものはなくてもよいのだ、と手厳しい。

ここに掲げられた秋草はすべて秋の季語だが、秋に咲く花だからといって、最近外国からもたらされた花々がすべて季語になるかというと、決してそうではない。年月をかけて私たちの目に触れ、生活に根づき、心にとまり、文学に詠みこまれてこそ、季語としての存在も認められる。それは『徒然草』に示された見識と無縁ではないだろう。

一方こんな実用的な段もある。

めなもみといふ草あり。くちばみ（蝮）にさされたる人、かの草をもみてつけぬれば、則ち癒ゆとなむ。見知りておくべし。

めなもみは秋に黄色の小粒な花を咲かせる雑草だが、花の下から粘液を出して、衣類や動物に付着して種が運ばれる。漢名を豨薟（きれん）と呼び、腫毒（しゅどく）や中風（ちゅうぶう）に用いる生薬ともなる。ちなみに同じ秋の季語で「をなもみ」という、やはり衣服にくっつきやすい棘（とげ）のある実がある。こちらは発汗剤、鎮痛剤となるという。見知っておこう。

七夕——情趣溢れる季節

「七夕祭るこそなまめかしけれ」。十九段「をりふしの移りかはるこそ」の秋のはじまりである。言うまでもなく陰暦の七夕だから、澄んだ夜空に天の川がくっきり見える頃。陽暦の七月七日ではまだ梅雨も明けぬことが多く、牽牛（けんぎゅう）、織女（しょくじょ）の二星の逢瀬（おうせ）は望めない。七夕も天の川も秋の季語であり、明治以降の新暦で分類してしまっては辻褄（つじつま）の合わないことになる。「なまめかし」は優雅という意味だが、情がこめられた言葉だ。

> やうやう夜寒になる程、雁鳴きて来るころ、萩の下葉色づくほど、わさ田刈りほすなど、とりあつめたる事は秋のみぞ多かる。また野分（のわき）のあしたこそをかしけれ。

七夕という行事から始まって、天候、鳥と花の代表格、早稲田の稲を刈って干す営みなど、さまざまな情趣に満ちた風物は秋こそ集中している。また台風の翌日も趣がある。

これらのことは『源氏物語』や『枕草子』に言い古されたことだが、「おぼしきこといはぬは腹ふくるるわざ」だから、筆にまかせて書くのだ、と、兼好はへりくだりともひらきなおりとも受け取れる言葉をつけ足している。

筆にまかせつつ、あぢきなきすさびにて、かつやりすつべき物なれば、人の見るべきにもあらず。

思えば俳句を詠むという営為も、四季折々の情趣を、すでに言い古されたことと知りながら、年々歳々筆の赴くにまかせつつ、むなしい慰みごとをくり返しているにすぎない。破り棄ててもいいものだから、他人の見るはずのものでもない、とは、ものを書く人間の自意識の裏返しとも言えよう。

『源氏物語』の夕顔の帖（じょう）に「白妙（しろたえ）の衣うつ砧（きぬた）の音も、かすかにかなたこなた聞きわたされ、空飛ぶ雁の声、取り集めて、忍びがたきこと多かり」という印象的な一節がある。

野分の帖の台風の翌朝の六条院の庭の風情も忘れ難い。『枕草子』には「野分のまたの日こそ、いみじうあはれにをかしけれ」と、嵐の後の草木の趣を描いた一文がある。

その季節観や美意識に共鳴して、新たな実感を表現したくなる。そうした時代時代の文芸の実りによってこそ、季語というものが日本人の心に定着したのだ。この段を読むたびに、その思いが深まる。

月――夜毎に変わる姿

「秋の月はかぎりなくめでたきものなり」。いつだって月はこんなものだろうと思って、秋の格別な趣に気づかないような人は、実になさけないことだ。

二一二段はこれだけしか記していない。「光はいつも変はらぬものを　殊更秋の月の影はなどか人にもの思はする」。高校の音楽の授業で歌い覚えた一節だが、その頃はこの心がわからぬまま歌っていた。この頃になってしみじみと秋の月を仰ぐ時、この曲が思い出される。徒然草のこの段が心にしみる。人生経験を重ねることで、同じ月の光が違って見える。

「万（よろづ）のことは、月見るにこそ慰むものなれ」と語り出す段もある。ある人が「月ほどおもしろいものはあるまい」と言ったところ、「露こそ風情がある」と別の一人が言ったのもおもしろかった。**「折にふれば、何かはあはれならざらむ」**。折にかなっていれば、何でもしみじみとした趣のないものはない、というのが兼好の主張だ。

月や花は無論のこと、**「風のみこそ人に心はつくめれ。岩にくだけてきよくながるる水のけしきこそ、時をもわかずめでたけれ」**。風の音や水の様子に思いを寄せ、心を遊ばせ、詩歌を吟じてきた日本人ならではの感受性と言えよう。「人遠く、水草きよき所に、さまよひありきたるばかり、心慰むことはあらじ」。夏休みを自然の中で過ごした人には素直に共感できる一文だ。

「兼好法師集」には、こんな歌も見られる。

思ひおくことぞこの世に残りける見ざらむ後の秋の夜の月

未練がこの世に残ったよ。それは私の死後に見られなくなる秋の夜の月だ。これほど秋の月に執心していたのである。出家ののちはいつも月を眺めて心を慰めていたのだろう。

そして、夜ごとに変わる月の姿に、この世の無常を実感し、人生哲学を確立していったのだ。「月満ちては欠け、物盛りにしては衰ふ」。これは『史記』の言葉を引いたものだが、兼好の心に最も沁みたに違いない。「亢龍の悔いあり」という『易経』言葉もある。亢りつめた龍は落ちるしかない。「万のこと、さきのつまりたるは、破れに近き道なり」。先のない頂点に破滅の道を見通していたのである。

良夜——無常を観る

八月十五日、九月十三日は婁宿なり。
この宿、清明なる故に、月を翫ぶに良夜とす。

二三九段の全文である。「婁宿」とは、古代中国の天文学で星座を表わし、清く明らかな宿であるので、月を賞美するに絶好の夜とする。

今年（平成二十六年）の中秋の名月は九月八日だ。はたして澄んだ夜空に十五夜の月を眺めることができるだろうか。そう思うのが人情だが、『徒然草』にはこうも書かれている。

花はさかりに、月はくまなきをのみ見るものかは。雨に対ひて月を恋ひ、
たれこめて春の行方知らぬも、なほあはれに情深し。

この言葉を受け継いだように「雨月」「雨名月」「月の雨」という季語もある。雨が降らない

までも雲が広がり、待ちかねた名月が見えないことを「無月」「曇る名月」という。兼好はむしろこうした天候の方が情趣に満ちていると讃えているのだ。

望月（もちづき）のくまなきを千里（ちさと）の外（ほか）まで眺めたるよりも、
暁近くなりて待ちいでたるが、いと心深う、青みたるやうにて、
深き山の杉の梢に見えたる木（こ）のまの影、
うちしぐれたるむら雲がくれのほど、またなくあはれなり。

名月にこがれつつ、ひと晩中待ち続けた末の木の間隠れの月。それこそこの上なく趣深い。さらに椎（しい）や樫（かし）の濡（ぬ）れたような葉の上に、きらきら照っている月を見ると、「心あらむ友もがなと、都恋しう覚ゆれ」と、隠者の本音をあかしている。

すべて月花をば、さのみ目にて見るものかは。
春は家を立ちさらでも、月の夜は閨（ねや）のうちながらも思へるこそ、
いとたのもしうをかしけれ。

大人になってこの一文を読み返した時、私は真の物の見方を教えられた思いがした。目で見

るだけでは表層しか見えない。見えないものを心に思うことこそ、経験豊かな大人の楽しみなのだ。

兼好はさらにその先まで思いを致す。

望月のまとかなる事は、暫くも住せず、やがてかけぬ。

まどかな十五夜の月も、一刻たりともとどまらず、すぐに欠ける。一夜のうちに月の形が変わることに気づくべきだ。人の命も同様である、という無常観に至るのである。

配所の月——罪なくて見む

「不幸に愁(うれへ)に沈める人」が、軽率に髪など剃(そ)って出家してしまうよりも、住んでいるのかどうかわからないほどひっそり門を閉じて、何をあてにするでもなく暮らしている、といった生き方のほうが理想的だ、と兼好は言う。

「顕基(あきもとの)中納言のいひけむ、配所の月、罪なくて見むこと、さも覚えぬべし」。権(ごん)中納言源顕基は、平安朝の貴族で、後一条天皇の寵(ちょう)厚く、若くして高位に登ったが、天皇崩御(ほうぎょ)ののち三十七歳で出家し、四十八にしてこの世を去った人物である。鴨長明(かものちょうめい)の書いた『発心集(ほっしんしゅう)』によると、「いといみじきすき人にて、朝夕、琵琶(びわ)をひきつつ、罪なくして、罪をかうぶりて、配所の月を見ばやとなん願はれける」と伝えられる。

「すき人」とは数奇人、つまり風流人。「配所の月」とは、流刑地の名月。昔から配流(はいる)の地で、失意と悲しみを抱いて詩人は月を眺めた。『源氏物語』の須磨の巻の名場面も思い出される。

「こよひは十五夜なりけりと思(おぼ)し出でて、殿上の御遊び恋しく、所々ながめ給ふらむかし、と思ひやり給ふにつけても、月の顔のみ目守(まも)られ給ふ」。

承久の乱で隠岐に流された後鳥羽院の、十九年に及んだ島暮らしを収めた『遠島御百首』には、

命あれば茅が軒端の月もみつ知らぬは人の行くすゑの空

の御詠が見られる。

流刑地で月を眺めるということは、光源氏のように華やかなりし時代を思い出し、離別した恋人もこの月を眺めているにちがいないと涙を流すことでもある。失意の底で来し方をふり返り、孤独のうちに自分の心の内を見つめる。

罪なくしてその境地に浸りたいという思いに、共感を覚える人は多かった。顕基のこの言葉は、鎌倉前期の説話集『古事談』や、西行に仮託して書かれた鎌倉後期の仏教説話集『選集抄』にも引かれている。

兼好がこの言葉を書き止めているのは、紛れもなく顕基に憧れていたからだ。「心はこの世の栄えを望まず、深く仏道を願ひ、菩提を望む思ひあり」とは顕基について語られた『発心集』の言葉だが、私たちのよく知る兼好の心そのものだ。

柴の戸に独りすむよの月の影とふ人もなくさす人もなし　兼好

露――夜の山里

あだし野の露は消える時なく、鳥部山（とりべ）に立つ烟（けむり）が立ち去ることなく、人に死というものがなかったら、もののあわれというものもないだろう。化野（あだしの）は嵯峨の奥、小倉山のふもとにあった墓地。鳥部山は洛東の火葬の地。いずれも人の死に関わる場所で、露にはかない命をことよせている。

「世は、定めなきこそいみじけれ」。この世は無常だからこそ素晴らしいのだ。この一文こそ『徒然草』を貫く人生観、世界観、さらには価値観を表わしている。

命あるものを見わたしてみると、人間ほど寿命の長いものはない。かげろうは夕べを待たずに命絶え、夏の蟬は春や秋を知らないのである。そう思って一年をじっくり暮らしてみたら、精神的にどれほど余裕があることか。飽かず惜しいと思ったら千年過ごしたって一夜の夢の心地がするだろう。

命長ければ辱（はぢ）多し。長くとも、四十（よそぢ）に足らぬ程にて死なむこそめやすかるべけれ。

思わずわが身を省みさせるくだりだが、こう言っている兼好も七十歳を越えて亡くなった。露の如くはかなく美しい一生はあくまでも理想論である。

露と言えば、こんな段もある。月光のもと、ごく若い男が艶やかな狩衣（かりぎぬ）に濃い紫の指貫（さしぬき）を身につけ、少年ひとりを供として田の細道を歩いてゆく。稲葉の露に濡れそぼちつつ、笛を見事に吹きすさぶ。心惹かれてあとをつけてゆくと、山の麓の惣門のある家に入った。下人に問うと「しかじかの宮様がご滞在中なので、御法事でもございますようで」と言う。

「夜寒（よさむ）の風にさそはれくるそらだきもののにほひも、身にしむ心地す」。人里はなれた山里とも思えぬ心配りのゆき届いた邸のありようだ。とり囲む秋の風物が又素晴らしい。

心のままに茂れる秋の野らは、おきあまる露にうづもれて、
虫のねかごとがましく、遣水（やりみず）の音のどやかなり。

夜露がびっしりおりた草の中で、虫の音も何か訴えるようだ。都の空よりは雲の往き来も速い心地がして、「月のはれくもることさだめがたし」。

月影、稲葉の露、夜寒、身に入（し）む、秋の野、虫の音。秋の季語あふれる夜の山里に立ち尽して、私たちも兼好と共にその情趣をしみじみ味わいたい。

夜長──古人と心通わせて

ひとり燈のもとに文をひろげて、見ぬ世の人を友とするぞ、こよなうなぐさむわざなる。

毎年秋になると思い出される一節だ。まさに「燈火親しむ」という季語そのものだ。涼しくなった秋の夜長は、ひとり心を落ちつけて書物をひろげ、昔の人と心を通わせるのにふさわしい。それを無上の慰めと兼好は言う。

私たちも窓の下の虫の声に耳を傾けながら、心静かに『徒然草』をひもといてみよう。「見ぬ世の人」である兼好が、親しい存在に思えてくることだろう。

「**夜に入りて、物のはえなしといふ人、いと口をし**」。夜は物の見ばえがしないと言う人は情けない。すべてのものの綺羅、飾、色あいなどは、夜こそ美しい。昼間は簡素で地味な姿をしていてもいいが、夜はきらびやかで華やかな装束がいい。

おしゃれは夜に限る、というわけだ。光沢のある衣や、きらきらのアクセサリーなど、たしかに昼の光より夜の暗がりでこそ栄える。

人の様子も「夜の灯影（ほかげ）」が美しさを発揮する。もの言う声も、暗いところで聞いてたしなみのあるのが心憎い。「にほひも、ものの音も、ただ夜ぞひときはめでたき」。嗅覚も聴覚も夜は研ぎすまされるのだ。

特に儀式があるわけでもない夜、更（ふ）けて内裏（だいり）に参上した人が美しいさまをしているのはよいものだ。若い人たちは常に人目があるのだから、特にうちとけてもいいような場合にも身だしなみに気をつけたいものだ。貴公子が日暮れてから髪を整えなおしたり、女も夜が更けてからさり気なく席をはずし、鏡を手に取って顔などつくろって戻ってくるなどというのは、いいものだ。

これは兼好の宮廷生活に基づいた美意識。出家遁世（とんせ）ののちの夜の過ごし方は、二九段に記されている。

「人しづまりて後（のち）、長き夜のすさびに」身辺の道具などを片づけ、死後に残しておきたくない反古（ほご）を破り捨てる中に、亡き人の手習いの紙や絵が出てきたりすると、その当時の心地になってしまう。生きている人のものでも、これはいかなる折のものだったかと思うのはしみじみとする。

静かに思へば、よろづに過ぎにしかたの恋しさのみぞせむかたなき。

いもがしら
——好物ばかり食べる傑物

仁和寺(にんなじ)に属する諸院のひとつの真乗院(しんじょういん)に、盛親僧都(じょうしんそうず)という高僧がいた。「いもがしら」という里芋の球茎が大好きで、仏典の講義をする時もこれを大鉢にうずたかく盛って膝もとに置き、食いながら書を読んだ。病気の時は一週間でも二週間でも療治と称してひきこもり、上等のいもがしらを選んで沢山食べ、どんな病も癒やした。

きわめて貧しかったのだが、師匠が遺した財産も住居も、すべていもがしらの代金に替えて食い尽したという徹底ぶり。そのことも人々は「誠に有り難き道心者なり」と、半ばあきれ半ば称賛した。

「この僧都、みめよく力強く、大食にて、能書、学匠、弁説、人にすぐれて」宗派を代表する高僧なので、重く思われていたけれど、「世をかろく思ひたる曲者(くせもの)にて、よろづ自由にして、大方、人に従ふといふことなし」。

誰もが尊敬するような人でありながら、その曲者ぶりと自由な行動は桁(けた)はずれだった。

法事の後の饗膳も皆の膳が揃うのを待たず、自分の前に膳が来るとすぐ食べてしまい、帰りたくなるとさっさとひとり座を立ってしまう。

夜中でも暁方でも食べたい時に食べ、眠ければ昼も部屋にかけこもり、どんな大事があっても人の言うことを聞き入れない。目が覚めると幾夜も寝ず、興にのって詩歌を吟じて歩く。これほど自分勝手で偏屈なのに、人に嫌われず、我儘（わがまま）が許されるとは、「**徳のいたれりけるにや**」と、兼好も感服している。『徒然草』随一の傑物と言えよう。

さて里芋は秋が旬。好きなものを好きなだけ食べるという幸福は、俗人にも容易に手が届くが、よくも飽きないものだ。こんな話もある。

因幡（いなば）の国の何とかの入道という人の娘は美人だという噂（うわさ）を聞いて、多くの男が求婚した。しかし、「**このむすめ、ただ栗をのみ食ひて、更によねのたぐひをくはざりければ**」、栗ばかり食べて米の類を全く食べなかったというのである。

こんな変人は嫁にやるわけにはゆかない、と親が許さなかったということである。こんなエピソードを書きとめておくとは、兼好にとっては興味ある人物だったのだろう。

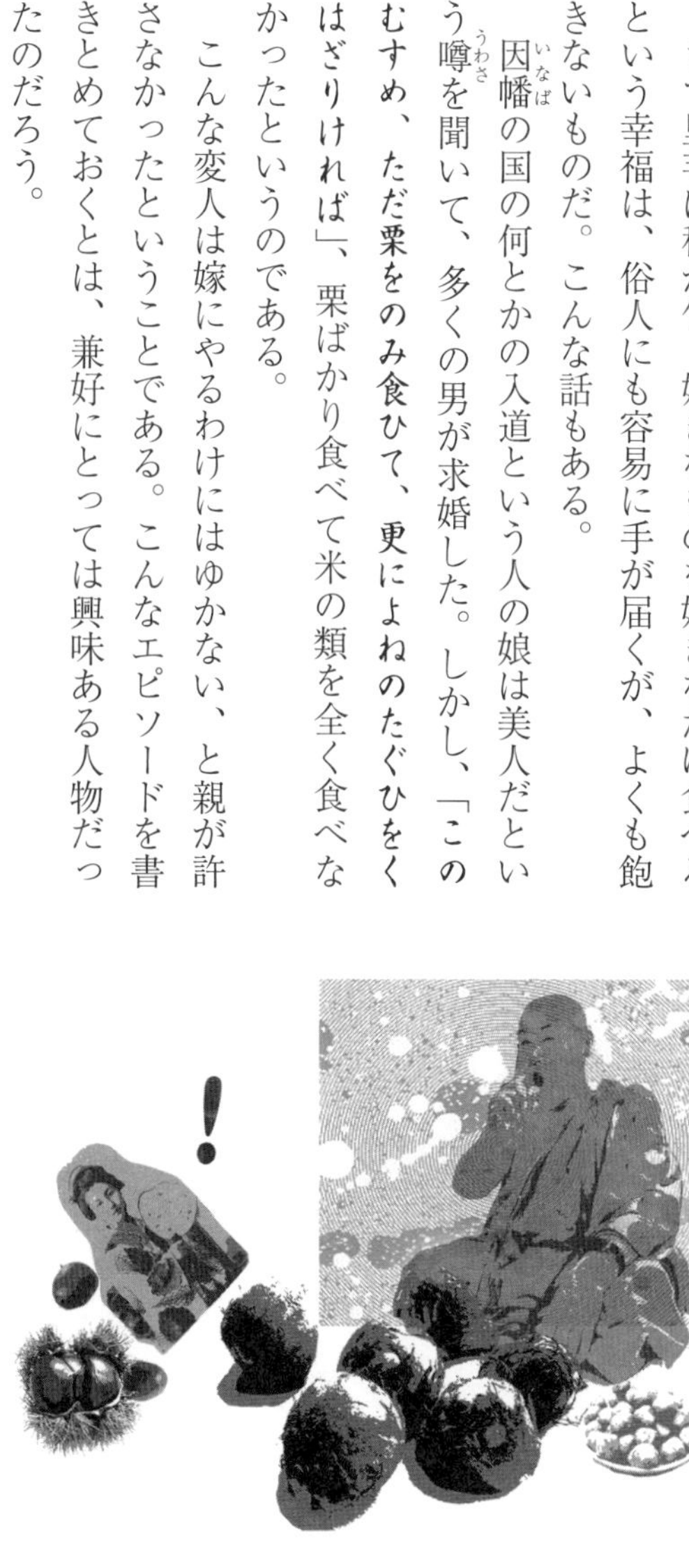

馬肥ゆる——大胆と細心と

天高く馬肥ゆる秋がやって来た。兼好が生きた時代、馬は人間の手足となって働いた最も有用な動物だったので、『徒然草』にもその記述が多い。

陸奥守安達泰盛は、無双の乗馬の名人だった。馬を従者に引き出させた時、足を揃えて閾をひらりと飛び越えたのを見て、「これは気の荒い馬だ」と言って鞍をほかの馬に置きかえさせた。また足を伸ばしたまま敷居に蹴当てた馬は「鈍いから過失があるにちがいない」と言って乗らなかったそうだ。その道に通じている人ほど観察眼が鋭く、怖さも知っているのだ。

「六芸」といって、古代中国から伝わった貴族知識人のたしなみが六つあった。礼・楽・射(弓術)・御(馬術)・書・数がそれであって、『徒然草』にも「**弓射、馬に乗る事、六芸に出だせり。必ずこれをうかがふべし**」と言及されている。

乗馬名人の話の次の段には、吉田という馬乗りが言った言葉を紹介している。「どんな馬でも人間より力が強いものだ。人の力ではとうてい争えないことを知るべきだ。乗ろうとする馬をよく見て、強い所と弱点を知らなくてはならぬ。轡や鞍に危険がないか点検し、少しでも気がかりがあったら、その馬は走らせてはならない。この用意を怠らないのを名人と言うのだ。これが秘訣だ」。

傾聴すべき言葉だ。人間の力の及ばぬ物を御するには、これほど周到な用心深さが必要なのだ。大胆と見える馬乗りを支えているのは、細心の心構えなのだ。

さらに次の段で、兼好はひとつの結論を導き出す。これが『徒然草』の醍醐味である。

どんな道であれ、専門家というものはたとえ下手でも、上手な素人には必ず勝る。それは「たゆみなくつつしみて軽々しくせぬと、ひとへに自由なるとの」差、つまり、専門家はたゆみなく慎重に、軽率なことはしないが、素人は気ままにふるまう。その違いなのだ。

芸能や技術ばかりでなく、日頃のふるまいや心づかいにおいても、不器用で用心深いのは「得の本なり」。器用で自己流なのは「失の本なり」。

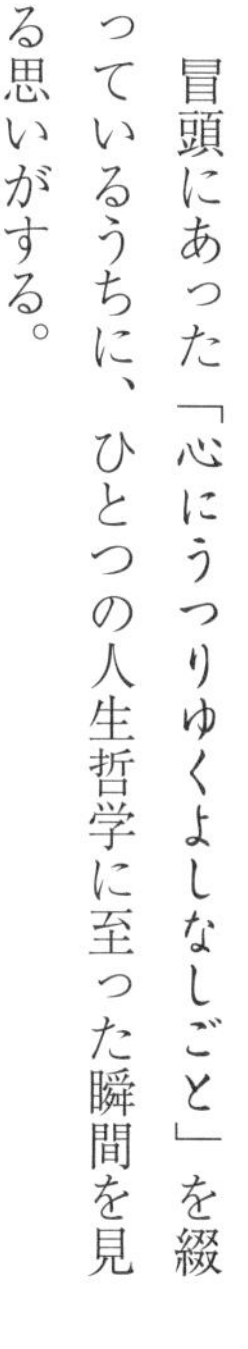

冒頭にあった「心にうつりゆくよしなしごと」を綴っているうちに、ひとつの人生哲学に至った瞬間を見る思いがする。

紅葉――仁和寺の法師たち

御室仁和寺(おむろにんなじ)に、とても美しい児(ちご)がいたのを、何とか誘い出して遊ぼうとたくらんだ法師たち。芸の得意な遊芸僧とも相談して、気のきいた弁当のようなものを念入りに用意し、箱に入れ、双岡(ならびがおか)のよさそうな所に埋め、紅葉を散らしかけて隠しておいた。

その上で仁和寺へ行ってうまく誘い出して来た。嬉しがってあちこち遊び回った後、苔(こけ)の上に並んで、「ああくたびれた。だれか紅葉を焚(た)いて酒をあたためないか。霊験あらたかな坊さん達、祈ってみてはどうか」など言い合って、埋めておいた木の下で、数珠をおし揉(も)み、大げさに印(いん)を結んだりして、もったいぶって木の葉を掻(か)きのけた。

『白氏文集(はくしもんじゅう)』に、「林間に酒を煖(あたた)めて紅葉を焼(た)く、石上に詩を題して緑苔(りょくたい)を掃(はら)ふ」とあるように、風雅な趣向を試みようとしたわけだ。紅葉の下から酒肴が現われたら、児はどんなに驚き喜ぶだろう。

ところがどうしたことか、埋めたはずの箱は影も形もない。場所を間違えたかと掘らぬ所がないくらい、そこら中掘りくりかえしたが、何も出てこなかった。

実は、埋めるところを見ていた者がいて、法師たちが寺に行っているすきに盗んだのだった。法師たちは言いつくろうこともできず、聞き苦しく言い争って怒って帰ってしまった。

あまりに興あらむとすることは、必ずあいなきものなり。

と、兼好法師は冷ややかに評している。作為が過ぎると失敗する、というわけだ。

この段の他にも『徒然草』には仁和寺の法師たちの失敗談が記されている。念願の石清水八幡宮に参詣したものの、ひとりで歩いて行ったために情報不足で、末社だけ拝んで肝心の本堂に行かなかった老僧の話。

また、宴会で酔っぱらって興に乗じて鼎を頭にかぶって踊り出し、やんやの喝采を浴びたものの、抜けなくなった僧の話。これなど座興が一転して悲惨な結果に至る描写は、おかしみと怖ろしさが綯交となり、見事な筆致と言うほかない。

仁和寺は光孝天皇の勅願を受け、宇多天皇が仁和四年（八八八）に完成した格のある大寺院であるが、『徒然草』には何故か些か不名誉なエピソードばかりが紹介されている。

九月(ながつき)二十日の頃——有明の月

「九月二十日の頃」と言えば、新暦では十月の中旬頃。ある人に誘われて、夜が明けるまで月を見歩いたことがあった。

そのころの月の出は午後九時頃、翌朝十時頃まで望めるので、有明月を賞美しようというわけだ。「ある人」とは貴公子であるらしく、兼好は丁重な尊敬語を用いている。その折「おぼしいづる所ありて、案内(あない)せさせて入り給ひぬ」。

ふと思い出された所があって、取り次ぎを請わせてお入りになった。言うまでもなく女性の住まいである。「案内せさせて」とは、貴人が従者に来訪を告げさせ、女側の侍女による案内を受けるという一連の手続きを表わしている。

『枕草子』には「心ときめきするもの」のうちに「よき男の、車とどめて、案内し問はせたる」とある。

身分の高い男性が家の前に車をとめて、供の者に案内を乞わせている時は家の中の女も胸がどきどきする、というわけだ。

素性法師にも、

今来むと言ひしばかりに長月の有明の月を待ちいでつるかな　（古今集）

という恋人を待ち兼ねる歌がある。

貴人が家の中にお入りになった後、兼好は外で庭など眺めて待っていた。

「荒れたる庭の露しげきに、わざとならぬにほひしめやかにうちかをりて、しのびたるけはひ、いとものあはれなり」。

王朝時代の恋物語のような描写だ。荒れた庭に露がびっしりと降り、ふだんから焚いているらしい薫香がしっとり香って、世を忍んで住んでいると見える様子があわれ深い。

貴人は「よき程に出で給ひぬれど」自分はその優雅さに心惹かれて、物かげからしばらく見ていると、その家の女性は妻戸を少し押し開けて、月を見る様子であった。客を送り出してすぐ戸じまりをして中に入ってしまったら、どんなに残念だっただろう。あとまで見る人がいようとは、知るはずもないことだ。「かやうのことは、ただ朝夕の心づかひによるべし」と、兼好はいたく心奪われている。

「その人程なくうせにけりと聞き待りし」。この段はこう結ばれている。対をなす前段の三一段（雪のおもしろう降りたりし朝）とともに味わいたい。

雁——罪深い僧

晩秋、北の国から日本へ渡って来る雁は、秋の代表的な季語である。何羽もの雁が棹形をなしたり、鉤形となったりして飛び行く姿は、秋の深まりを実感させる。その鳴き声を「雁が音」と呼び、万葉集の頃から詠みつがれてきた。

しかし『徒然草』にとり上げられている雁は、飛ぶ姿でも鳴く声でもない。嵯峨の遍照寺の雑役をつとめるある僧が、広沢の池にやって来る鳥を日頃から飼い慣らしていた。戸を開けてお堂の中まで餌を撒いておくと、鳥たちがたくさん入って来る。

そこで戸を閉めきって自分も入り、捕えては殺す音がおどろおどろしく聞こえたのを、草刈り童子が聞きつけて人に告げた。村の男どもが入って見ると、「**大雁どもふためきあへる中に法師まじりて、打ちふせ、ねぢ殺しければ**」といったありさま。捕えて検非違使庁へつき出したところ、殺した鳥どもを頸にかけさせて獄舎に入れられた。

当時の人々は雁を食用としていたが、日頃から飼い慣らしておいた上、多くの雁を一度に殺した罪は深いということだろう。食用の鳥の中では雉が最も上等とされていたらしい。こんな話もある。

「雉、松茸などは、御湯殿（おゆどの）の上にかかりたるも苦しからず、その外は心うきことなり」。御湯殿とは、湯を沸かしたり、食膳の道具を置いた部屋で、台所の準備室といったところか。雉や松茸なら格が高いので掛かっていてもさしつかえないが、その他は置いてはならないとされていたらしい。

ある時、後醍醐天皇の中宮、禧子（きし）のお住まいの御湯殿の黒み棚に、雁が置かれてあったのを、中宮の父君北山入道殿がご覧になって帰宅後手紙で注意なさった。

「このような物がそのまま棚にあるのは、無作法です。見識のある女房がお仕えしていない故でしょう」

有職故実（ゆうそくこじつ）に支配されていた時代の話である。

一三五段には不思議な謎（なぞ）かけがある。「うまのきつりやうきつにのをかなかくぼれいりぐれんどう」とは如何（いか）なる心か、と問いかけた中将がいた。その場でも解けなかったものを、後世の学者たちが解読しようとして未だに果たせない。諸説ある中で「雁（かり）」と解くのが通説というのだが……。

ますほの芒（すすき）——一時の懈怠が一生の懈怠に

一八八段は『徒然草』の中でも最も長い章段のひとつだ。秋の夜長にじっくり例証をあげて、心ゆくまで練り上げた論という趣がある。或（あ）る人が息子を僧にして、説教師として世渡りをするようにと言った。息子は先ず馬に乗る稽古（けいこ）をした。次に仏事の後の酒席で芸がないのも興（きょう）ざめだろうと、早歌という宴曲を習った。その二つが面白くなって稽古している間に説教を習う隙（ひま）がなくて年取ってしまった。

この法師だけでなく、世間の人はみな同様だ。若い時は「**身を立て、大きなる道をも成（じゃう）じ、能をもつき、学問をもせむ**」と思いながら、目前のことばかりに追われて、気がついたら「**ことごとなすことなくして身は老いぬ**」。すでに取り返しのつかぬ齢となり、「**走りて坂をくだる輪のごとくに衰へゆく**」。

だから、一生のうちに何が一番大事なのかを見定めて、他のことは捨てて励むべきだ。

大事をいそぐべきなり。何方（いづかた）をもすてじと心にとりもちては、一事もなるべからず。

例えば京に住む人が東山に用があって着いた時でも、西山に行ったほうが益があることに気づいたら、門前からでも引き返すべきなのだ。西山のことは又の日に、と思うから「**一時の懈(け)怠(だい)、すなはち一生の懈怠となる。これを恐るべし**」。

ある時、人々の集まりの席である人が「ますほのすすき、まそほのすすきなど言うことがあるが、わたのべの聖(ひじり)がこの事を伝え知っている」と語った。その座にいた登蓮法師が、すぐさま「蓑(みの)かさを貸して下さい。そのすすきのことを習いに、わたのべの聖を訪ねたい」と言った。雨も降っているのに、あまりに性急では、と人が言うのを「人の命は雨のはれまを待つものか。私も死に、聖も亡くなったら尋ねることができようか」と言って走り出て行ったということだ。「敏(と)きときは則(すなわ)ち功あり」と論語にもあるそうだ。

極端な話ではあるが、思いあたるふしがあるから怖い。そのうち訪ねるべきだった人も、事実を確かめたいと思っていた人も、すでにこの世に亡い。

稲刈り——腹いせの理屈

他人の田の所有権を主張して訴訟に負けた者が、くやしまぎれに「その田を刈りて取れ」と人を遣わした。命令を受けた者は先ず道すがらの稲を刈りながら行くので、「これは論争なさった田ではない。どうしてこんなことをするのか」と誰かが問うと、刈る者が言った。「訴訟に負けたのだから、問題になった田の稲だって刈っていいはずはない。どうせ不正行為を行なうのだから、どこを刈ったっていいんだ」

この話を聞いた兼好、「ことわり、いとをかしかりけり」と興じている。鎌倉時代には土地の領有権を巡って訴訟が多かったという。負けた腹いせに、実った稲だけこちらのものにして、土地だけ返そうとは不当な料簡(りょうけん)である。他人の所有と決まった田の稲を刈れと命じられたのだから、途中の無関係の田を刈っても同じことだ。たしかに理屈は通る。

何やら頓知(とんち)問答のような話だが、『徒然草』には世の無常を説いたり、いかに生きるべきかを考えさせたり、説教じみた文章の合い間合い間に、こうした笑いを誘うような段が挿しはさまれているから面白い。いましばらく兼好の話を聞いてみようか、と心が誘われる。こんな話もある。

或る者が、小野道風(おののとうふう)の書いた和漢朗詠集(わかんろうえいしゅう)というのも所持していた。さる人が「ご相伝の品で、根拠のないことではありますまいが、藤原公任(ふじわらのきんとう)が撰ばれた和歌朗詠集を、道風が書くとは、時代が違うのではありませぬか。どうも不審に存じます」と言った。三蹟(さんせき)の一人として有名な小野道風は、平安時代中期の能書家で、康保三年（九六六）に没している。藤原公任はその年に生まれているので、まさに時代的にあり得ない。贋作(がんさく)であることを遠慮がちに指摘したのである。

するとその持ち主は「さ候へばこそ、世にありがたき物には侍りけれ」と言って、いよいよ秘蔵したのであった。「ありがたき」とは、有り難き、則ちめったにない珍品ということになる。

お宝鑑定のやり取りを聞くような段ではないか。大切にしていた道風筆写による『和漢朗詠集』が、偽物とわかって落胆すると思いきや、ますます愛着が深まったというのだ。無知を笑い飛ばせないものが残る。

豆殻——煮られるも焼かれるも

播磨の国、書写山円教寺の開祖、性空上人は、三十九歳にして「法華経」すべてを暗誦した。その功徳が積もって、「六根浄」にかなった人であった。

六根とは人間の知覚の六つの根、すなわち眼根、耳根、鼻根、舌根、身根、意根。それが清らかになることを「六根浄」とも「六根清浄」とも言う。

ある時、旅の宿で豆の殻を焚いて豆を煮ている音がつぶつぶと鳴るのをお聞きになった。

「他人でもないおまえらが、恨めしくも我をば煮て、ひどい目に合わせるものだなあ」と豆が言っていた。

焚かれる豆殻がはらはらと鳴る音は、「自分の本心からすることであろうか。こうして焼かれるのはどんなに堪えがたいことか。でも仕方ないことなのだ。そんなに恨みなさるな」と聞こえた。

秋に大豆や小豆を収穫した後、束ねて豆稲架に掛けて乾燥させる。干し上がると棒で叩いて豆を取り出す。その莢や茎が豆殻となって、燃料にも使われた。もともと同体であった豆を煮るのに豆殻が用いられているのを目にして、上人の耳には煮られる豆と、焼かれる豆殻の声が聞こえたというのである。

食べ物に関わる話が一八二段にも見られる。秋に旬を迎える鮭は、昔から上等な食物とされていたが、ある時、四条大納言隆親卿（たかちかきょう）が乾鮭（からざけ）というものを帝（みかど）の食膳にお出しした。するとある人が「こんな下品なものを」と非難した。

乾鮭とは内臓を除去して乾燥させたもので、保存食として冬にも食べることができる。しかし何故か粗末なもの、いやしいものとされていたらしい。包丁の名門であった四条家の隆親、一歩も譲らずこう反論なさった。

「鮭という魚をさし上げないと決まっているのなら咎（とが）められても仕方ないが、鮭の白乾（しらぼし）がどうしていけないことがあろう。鮎（あゆ）の白乾はさし上げないことがあろうか」

兼好が生まれる前に没している隆親卿の逸話を書きとめているのは、旧弊にこだわる人物を、理路整然とやり込めた機知に感服したからであろう。有職故実（ゆうそくこじつ）に詳しく、うるさかったであろう兼好だが、理屈に合わぬことに固執するのは嫌いだったのだ。

神無月（かんなづき）——理想郷を夢見て

神無月の頃、栗栖野（くるすの）という所を過ぎて、ある山里を訪ねた。「**遥（はるか）なる苔（こけ）の細道を踏みわけて、心細く住みなしたる庵（いほり）あり**」。心が誘われてゆく導入部である。

木の葉にうずもれた懸樋（かけひ）の絶えだえなる雫（しずく）のほかには、音を立てるものとてない。水を庭に引くために懸けた樋（とい）にも落葉が溜まっているのだ。仏さまに供える物を置く閼伽棚（あかだな）に、菊や紅葉が折り散らしてあるので、住む人があることが知られる。

こんなふうにしてでも生活できるのだなあと、しみじみ感動した兼好。自分もまた、こんな所にこのように遁世（とんせい）したいという願望を抱いていた頃の体験と思われる。閑居への共感を胸にさらに奥へ歩み入ってみると、彼方の庭に大きな蜜柑（みかん）の木の、枝もたわわに実をつけているのがあって、厳重にまわりを囲ってあった。ここに至ってすこし興（きょう）ざめして、この木がなかったらなあ、と思った。

教科書にもよく引用される有名な段である。「すこしことさめて」と書かれているが、大いに幻滅したのだろう。生きてゆく限り、理想と現実の落差は大きい。兼好自身も山里に移り住んだ後、こんな歌を詠んでいる。

　住めばまた憂き世なりけりよそながら思ひしままの山里もがな

思い描いていたとおりの山里をさらに望んでいるのである。

ところで、十月を神無月と呼ぶいわれについて、考察している段がある。この月に神事をはばかる理由は「記したる物なし。もと文も見えず」。万(よろづ)の神が伊勢大神宮に集まるという説があるが、「その本説なし」と論拠を否定していて、出雲大社に神が集合するので諸国が「神無し月」となる説に全く触れてないのは不思議だ。

現代では出雲大社の神集(かみつどい)説がゆき渡っているが、一説には、雷が鳴らなくなる月なので雷(かみ)無(なし)月とも言うそうだ。

さて、今年（平成二十六年）の月の暦を見ると、九月（長月(ながつき)）の後に閏(うるう)九月（後(のち)の月）が一ヶ月続く。十月はその後なので、新暦の十一月二十二日からが神無月となる。そのころには台風も雷も収まるはずである。新旧の暦のずれはここで大幅に広がり、神無月・霜月・師走の三ヶ月が冬の季節にあたることも、諾(うべな)えるだろう。

鷹――生き物への慈悲心

鷹を飼い慣らして野に放ち、野鳥を捕らえる鷹狩は、紀元前二千年頃から行われていた。日本には五世紀前半の仁徳（にんとく）天皇の時代に伝わり、平安時代以後は天皇はじめ貴族や武人の間の冬の行事のひとつであった。

小鷹によき犬、大鷹につかひぬれば、小鷹にわろくなるといふ。

と『徒然草』にあるのは、小鷹狩に使うのに適した犬を、大鷹狩に使ってしまうと小鷹狩には使えなくなってしまう、という意味で、これだけで当時の人には鷹狩のことだと通じていた。鎌倉時代の武人達の間では、武術の鍛錬をも兼ねた野外の楽しみのひとつでもあったのだ。しかし、この文は「大につき小をすつることわり」の例としてあげているだけで、兼好自身は鷹狩そのものには批判的な目を注いでいた。一二八段には、こんな話が載っている。

土御門雅房（つちみかどまさふさ）大納言は、学識があり立派な人物なので、上皇様も彼を大納言に任じたいと思っていらした。ところが上皇の近習(きんじゅ)の人が、「ただ今雅房卿が鷹に餌をやろうとして、生きた犬の足を切ったのを垣の穴から見ました」と申し上げた。上皇は大納言をうとましく憎く思われて、日頃のお気持も失せ、昇進もとりやめになった。

実はこれは事実無根の讒言(ざんげん)であった。雅房卿には気の毒だが、こんなことを耳にして憎しみを抱かれた上皇のお心は「いとたふときことなり」と、兼好はここから自論を展開してゆく。

生き物を殺し、傷つけ、互いに闘わせて遊び楽しむような人は、殺し合う獣と同様である。すべての鳥獣や小さな虫までも、心をとめてその有様をみると、「子を思ひ、親をなつかしくし、夫婦をともなひ、ねたみいかり、欲多く、身を愛し、命を惜しめること」人間よりはるかに甚しい。これはひとえに愚かで分別のない生き物である故なのだ。そんな動物たちに苦しみを与え、命を奪おうとするのは、どれほど痛ましいことか。

すべて一切の有情(うじやう)を見て慈悲の心なからむは、人倫にあらず。

有情とは感情を持つ生き物、慈悲は苦を除き楽を与えるという仏教の言葉。人倫とは人間のことである。

木の葉——落葉の墓地

人のなきあとばかり悲しきはなし。

三〇段は、人の死の直後から、その人生よりはるかに長い歳月を綴(つづ)った悲嘆の段である。四十九日までの法事を営んでいる間は、実に速く日々が過ぎ去ってゆく。喪の最後の日は「いと情なう、たがひにいふこともなく」我がちに荷をまとめ、ちりぢりに別れて行ってしまう。生者には生者の生活が待っているのだ。

年月を経ても亡き人のことを少しも忘れることはないのだが、「去る者は日々に疎(うと)し」と言う通り、死別の直後とは違ってくるのか、「よしなしごといひてうちも笑ひぬ」。誰にも思い当る節がある。人は泣き暮らしては生きてゆけない。笑いを忘れたかに思っていても、雑談に笑ったりしている自身を見出す。

なきがらは人里はなれた山の中に納めて、忌日などにだけお参りしてみると、「木の葉ふりうづみて、夕の嵐、夜の月のみぞ、こととふよすがなりける」。落葉の降り積もった墓地の淋しさに思いが及んでゆく。嵐や月光だけが故人を慰めているのだ。

それでも思い出して偲ぶ人があるうちはまだしも、その人もやがて死に、聞き伝えているだけの子孫は、会ったこともない祖先を追慕するだろうか。供養することも絶えてしまったら、誰の墓かさえわからなくなる。

『白氏文集』に「古墓何れの代の人ぞ。姓と名とを知らず。化して路傍の土と為り、年年春草を生ず」とある通りである。

さらに歳月を経ると、『文選』に「古墓犂かれて田と為り、松柏摧かれて薪と為る」と記された如く、嵐に咽んだ墓地の松も千年を待たずに伐られ、墓地は田んぼとなって、その形さえなくなるのは悲しい。

この段の後半は、死後の数十年、いや数百年を超高速の映像で見るかのようだ。新しい墓が立ち、嘆き悲しむ縁者が去り、折々訪ねる子孫も絶え、落葉、嵐、月光が注ぎ、草むし、無縁墓は寄せられ、墓地そのものも田となってしまう。無常を悟った兼好も、ここでは「悲しき」「あはれ」とくり返している。

「墓じまい」ということが取沙汰される昨今だが、死後を思うことは生者の永遠のテーマなのである。

障子貼る——倹約の美談

北条五代執権の時頼の母は松下禅尼といった。ある時、時頼を自分の住まいに招くことがあったが、煤(すす)けた障子の破れたところだけを、手づから小刀で切り取って継ぎ貼りなさっていた。禅尼の兄、安達義景(あだちよしかげ)が「その仕事は下男の某(なにがし)にやらせましょう。さようのことに心得たる者ですから」と申された。

「その男より、私の方が上手(うま)いと思いますよ」と言って、なおもひと駒(こま)ずつ切り貼りなさるので、義景は「全部貼り替えたほうがはるかに簡単でしょう。まだらになるのは見苦しくありませんか」と重ねて言った。

「私もいずれはさっぱりと全部貼りかえようと思いますが、今日だけはわざとこうしているのです。物は破れたところだけを修理して用いなさいと、若い者に見習わせて、心得させるためです」と言われた。

倹約の大切さを身をもって示した教訓談として有名な段である。

女性（にょしゃう）なれども聖人の心に通へり。天下をたもつ程の人を子にて持たれける、
誠に、ただ人にはあらざりけるとぞ。

と、兼好は賢母をほめ讃えている。北条時頼は武家政治の理想的指導者と考えられているが、三十歳で出家し、最明寺入道となった後のエピソードが『徒然草』に見られる。

平宣時朝臣（たいらののぶときのあそん）が若かりし頃、最明寺入道からある晩お呼びがかかった。「早速参上致します」と応えたものの、急なことで直垂（ひたたれ）がない。とかくしているうちに、また使いが来て、「直垂などがないのでは。夜なので、身なりなどかまわぬから、はやく」とのことなので、ふだん着のまま参上した。

入道は銚子に土器（かわらけ）を取り添えて出て来て、「この酒を一人で飲むのが物足りないのでお呼びしたのだ。肴（さかな）がないが、家の者はもう寝ただろうから、何かないか家探ししてくれ給え」

そこで紙燭（しそく）を灯して隅々（すみずみ）まで探したところ、台所の棚に小皿に味噌が少しのせてあるのを見つけて、「こんなものがありました」と持ってゆくと、「それで十分」と、心よく盃を重ね、いい気分になられた。「当時はそんなに質素なものでした」と、宣時は老いてのち、兼好に語ったのである。いい酒が手に入って、心知れる者と酌み交したかったのだろう。いい話だ。「味噌造る」も冬の季語である。

屏風──断・捨・離の提案者

「屏風」とは風を屏(ふせ)ぐという意味で、冬の季語である。折り畳んでどこへでも運べるので、寒い季節の隙間(すきま)風を防いだり、枕元に立て巡らしたり、調法なものだった。「障子」も同じく冬の季語で、光を採り入れつつも寒さを防ぐ建具。兼好の時代は「襖(ふすま)」も障子と呼んでいた。これも同様冬の季語。夏はこれらを取り払い、風通しのよい葭(よし)障子や簀戸(すど)に替えて、暑さをしのいでいたのである。

その屏風や障子（襖）などの絵や文字について言及しているのが八一段。下手な筆で書いてあるのは、見っともないばかりでなく、その家の主人の趣味が疑われる。家の中の調度によって、主(あるじ)の品性が劣って見えることがあるだろう、と手厳しい。

高価な立派なものを持つべきだというのではない。こわれないようにという理由だけで「**品(しな)なく見にくきさま**」にしたり、珍しかろうというので「**用なきことどもしそへ、わづらはしく好みなせる**」のがいけないというのだ。現代ならばさしづめ、丈夫だというだけで趣味の悪いプラスチックを日常用いたり、珍奇なのがよいとばかりに無用な装飾過剰を好むことだろう。

兼好の理想は、古風で、大袈裟でなく、それほど高価でもなく、品質のすぐれたもの。家具調度や日用品こそ、自分の美意識に添って心して選ぶべきだと言っているのである。さらに七十二段ではこんな風に書いている。

賤しげなる物。居たるあたりに調度の多き、硯に筆の多き、持仏堂に仏の多き、前栽に石、草木の多き、

思わず我が身ほとりを見回し、恥かしくなる一節である。何でも物が多いのは卑しく見苦しいのだ。たしかにごたごた置けばいいというものではない。道具や仏や庭石も。筆鋒はさらに鋭くなる。

「**家の内に子孫の多き、人にあひて詞の多き、願文に作善多く書きのせたる**」。彼にかかっては、可愛い子供や孫たちも、口数が多いのも、仏様に現世の我が功徳を列挙するのも、「**いやしげなるもの**」となってしまう。凡愚の身はそこまで絶ち切れないものだ。

「**多くて見ぐしからぬは、文車の文、塵塚のちり**」。兼好こそ、近頃はやりの「断・捨・離」の提案者だったのだ。

狐――食いつくもの化けるもの

「狐は人にくひつくものなり」。堀川殿では、寝ていた舎人（貴人に仕える雑人）が足を狐に噛まれた。仁和寺では夜、本堂の前を通った下法師に狐が三匹飛びかかって食いついたので、刀を抜いて二匹を突き、一匹は殺した。法師はあちこち噛まれたが命に別条はなかった。

物騒な話である。夜行性の狐は一月から交尾期に入り、コン、コンとその声が響くので、冬の季語となったものだろう。鶏などを襲うため、「狐罠」「狐落し」「狐釣」なども冬の季語。防寒の毛皮を得るためにも捕獲されたが、肉は匂いが強く食用には向かない。

「狐火」という怪しい季語もある。山中や墓地で青白い火が見えるのを、狐が吐く火と古人は見ていた。その正体は狐がくわえた骨が燐光を発するものと言われる。「狐の提灯」とも呼ぶ。

『徒然草』にはこんな話も見られる。「五条内裏には妖物ありけり」。藤大納言殿の話によると、殿上人達が碁を打っていると、御簾をかかげて見る者がいる。誰だろうと見ると、狐が人のようにちょこんと座って覗いているではないか。「あっ狐だ」と騒がれて、あわてて逃げてしまった。未熟な狐が化け損なったのだろう。

何とまあ間抜けな可愛い話だろう。狐は化けると信じられていて、『今昔物語』には大木や女に化けて人をだます説話が多く見られる。身近な動物でありながら、ミステリアスだったのだろう。稲荷信仰も根強い。

『徒然草』の終章近くに今一度「狐」の話が見える。住む人がある家にはやたらな人が勝手に入って来ることはない。しかし、

あるじなき所には、道行き人みだりに立ち入り、狐、ふくろふやうの物も、人げにせかれねば、所(ところ)えがほに入りすみ、こたまなどいふ、けしからぬかたちもあらはるるものなり。

空き家には狐や梟(ふくろう)などが我が物顔に住みつき、木霊(こだま)などの怪異なものまで姿を現す。我等が心に様々の思いがほしいままに浮かんで来るのも、「心といふもののなきにやあらむ」。「心にうつりゆくよしなしごと」を書きつけた『徒然草』の本質に迫る考察と言えよう。心に主人があったなら、胸のうちに多くの思いが入ってくるはずがない。「虚空よく物を容(い)る」とは深遠なる一文だ。

大根

——最も親しい食材

筑紫に、何とかという押領使がいた。押領使とは平安時代に各地に常置された官名で、反乱の鎮圧や盗賊の追討などを担当した。

この男、土大根を万能薬として毎朝二つずつ焼いて食べることが長年の習慣であった。大根を昔は「おおね」と呼んでいた。蕪より大きな根であるからという。「土大根」と言うと、掘りたての野趣に富んだ野菜という感じがある。二つずつとは二本なのか、二切れなのか解釈が分かれるところだが、冬ばかりでなく他の季節も食べていたとなると、細く小さなうちにも採っていたのだろう。

春の七草のうちの「すずしろ」も大根の別称である。焼いて食べることに何の薬効があるのかは不詳だが、ともかく体にいいと信じていた。

ある時、館の中に誰もいない隙につけこんで、敵が取り囲んで襲った時、兵が二人現れて、命を惜しまず戦って、敵を皆追い返してしまった。はなはだ不思議に思ったので、「日ごろここにおいでになるとも見えぬ人々が、このように戦って下さるとは、どういう方ですか」と問うと、「長年信頼して毎朝召し上って下さる土大根にそうろう」と言って姿を消した。「深く信をいたしぬれば、かかる徳もありけるにこそ」と結ばれている。都から遠く離れた九州の、夢のように不思議な話だが、兼好にとっては書きとめるに足るものだったのだろう。

大根は、一年中出回ってはいるが、冬が旬。『古事記』にも「つぎねふ　山城女の　木鍬持ち　打ちし淤富泥」という歌謡が見られる。現代に至るまで私たちにとって最も親しい食材と言えるだろう。

「大根蒔く」は秋の季語で、その芽が出て二葉になったものを「貝割菜」と呼ぶ。貝が開いたような形からこの名がある。収穫を迎えるのは晩秋から冬で、「大根畑」「大根引く」「大根馬」「大根舟」「大根車」などは農作業の様子を伝える季語と言えよう。

「大根洗」「大根干す」「大根漬ける」といった生活の季語も多く、そうして手間ひまかけたものを料理した「大根汁」「煮大根」「風呂吹」をはじめ、おでんや鍋物にも欠かせない。京都の鳴滝了徳寺や千本釈迦堂で行われる「大根焚」も冬の行事である。

火事——無常の来ること

『徒然草』に一貫しているのは無常観である。すべてのものは生滅、変化して常に同じ状態ではない、という仏教の世界観を兼好は身近な例を用いてくり返し説いている。

人はただ無常の身に迫りぬることを、心にひしとかけて、つかのまも忘るまじきなり。

四九段のこの一文は、身に迫る無常、すなわち死を常に思えと説く。「**古き墳**（つか）、**多くは是れ少年の人なり**」とは、胸に刺さる言葉だ。この世を去ろうという時になってはじめて、過去の誤ちに気づくのだ。速くすべきことをゆっくりし、ゆっくりしていいことを急いで過ごしたことを後悔する。仏道修行をするなら今だ、と説く。

五九段では「**大事を思ひ立たむ人は**」すべてをただちに捨て、出家を決意すべきだと主張する。「ちょっとこれを済ませてから、ついでにあれも片づけて、こんな事も人に嘲（あざけ）りを受けないようにしておこう。今さらこれくらいの事を処理してもたいして時間はかかるまい」などと考えていたら、あれやこれや尽きるはずもなく、実行する日は来ない。大体の人は遁世(とんせい)の予定だけで一生を終えるようだ。

近所の火事などで逃げる人は、ちょっと待って、と言うかどうか。恥も顧みず財宝も捨てて逃げ去るものだ。


命は人を待つものかは。無常の来(きた)ることは、水火の攻むるよりも速かにのがれがたきものを、その時、老いたる親、いときなき子、君の恩、人の情、捨てがたしとてすてざらむや。


命は人の都合を待たない。死の訪れは、火事や洪水の攻め寄せるより速く、のがれ難きものなのだ、とは人を粛然とさせる。それほどの覚悟をもって、すべてを断ち切って出家したということだろう。

昔の或(あ)る高僧は、誰かがやって来て用事を話しかけても「今、火急の事ありて、既に朝夕に迫れり」と言って耳をふさいで念仏し、ついに往生を遂げたと伝えられている。又、心戒という聖(ひじり)は、あまりにこの世がかりそめであることを思い、腰を落ち着けて坐ることもなく、いつもしゃがんでいたそうだ。凡俗の身にはとても出来そうもない。

空気の乾燥する冬は、自然界にも人間界にも火事が多い。今これを書いている窓の外を、火の用心の夜番の寒柝(かんたく)が通り過ぎてゆく。

年の暮――なき人の来る夜

「さて、冬枯のけしきこそ、秋にはをさをさ劣るまじけれ」。十九段「をりふしの移りかはるこそ」の冬の候である。枯れ果てた景色も、秋に比べて劣るものではないと、自分の美意識を強調している。

汀の草に紅葉の散りとどまりて、霜いとしろうおける朝、やり水より烟の立つこそをかしけれ。

散紅葉、霜、水烟(けむ)る、冬の季語である。気温と水温の差で、早朝には水蒸気が立つことがある。そんなところに冬の情趣を認めた一文だ。

「すさまじきものにして見る人もなき月の、寒けくすめる廿日(はつか)あまりのそらこそ、心細きものなれ」。月を賞でるのは秋だが、世の人々が殺風景なものとして見もしない寒空の有明月は、心細い趣がある。「こそ」という強調を連発している点も汲み取りたい。

自然ばかりではない。人々の営みにも筆は及ぶ。「年の暮れはてて、人ごとにいそぎあへる頃ぞ、またなくあはれなる」。年末に宮中で諸仏の名号を唱えて罪障の消滅を念じた「御仏名（おぶつみょう）」や、初穂を天皇皇后を祀る十陵と、外戚を祀る八墓に供える「荷前（のさき）の使」などの公事（くじ）が、新春の準備に重ねて行われる様を「あはれにやんごとなき」と讃えている。若き日、蔵人（くろうど）として仕えた宮中体験に基いた感動であろう。

「追儺より四方拝に続くこそおもしろけれ」。追儺（ついな）は大晦日の夜、疫病を追い払う宮中行事で、現在では節分の豆撒きにその形を残している。「四方拝」は元旦の寅の刻（午前四時）帝が天地四方、諸陵を遥拝する儀式。賑やかに鬼を追っ払う動の行事にひき続いて、厳かな静の儀式が行われることにおもしろさを覚えたのだろう。

一方、外では大晦日の夜の闇に松明を灯して夜中過ぎまで人の門を叩いて、何事だろうか大声でわめき立てて、足も地につかぬばかりに走りまわっていたが、「暁がたより、さすがに音なくなりぬるこそ、年のなごりも心細けれ」。世間がひっそりする明け方に、一年の名残りを惜しむ兼好。

「なき人の来る夜とて、魂（たま）祭るわざ」を一年の最後に書きとどめている。この風習は都では廃れてしまったが、「あづまの方にはなほすることにてありしこそあはれなりしか」。こうして年は暮れゆく。

春秋——生を愛すべし

牛を売る者あり。買ふ人、明日その価(あたひ)をやりて牛をとらむといふ。夜のまに牛死ぬ。

さあ、どちらが得をしたか。問答形式で兼好は迫る。

ふつうは、買おうとした人はお金を払わずに済んだのだから利を得た、と言うだろう。しかし、傍にいた一人（実は兼好）が言うには、牛の持ち主には大きな得もある。生者が死の近いことを知らないのは、この牛がいい例だ。思いがけず牛は死に、思いがけず持ち主は生きている。「**一日の命、万金よりも重し。牛の価、鵞毛(がもう)よりも軽し**」。だから損したとは言えまい。すると人々は嘲(あざけ)って、それは牛の主に限ったものであるまい、と言った。そこで兼好は主張する。「**人、死をにくまば、生を愛すべし。存命(ぞんみやう)の喜、日々に楽しまざらむや**」。

この言葉は時を超えて私たちの心に響く。死を嫌うなら、生を愛すべきだ。生きている喜びを日々楽しまないでいいものか。

人皆生を楽しまざるは、死を恐れざる故なり。
死を恐れざるにはあらず、死の近きことを忘るるなり。

この言葉も重い。私たちはほんとうに生を愛し楽しんでいるだろうか。一日一日を生きている実感をもって、大切に暮らしているだろうか。日々の生き方を問う兼好の言葉は、命の真理を説くものであるのだが、それを聞いた人々は、いよいよ嘲った。

日々真剣に生きていない人々にとっては、兼好の言葉は空論か屁理屈に聞こえてしまうのだろう。「**皆人嘲りて**」「**人いよいよ嘲る**」と書く時の、孤独感はいかばかりだったろう。

生死の道理に触れたこの段には、具体的な季語がある訳ではない。しかし、存命の日々は即ち春秋である。「春秋」という季節の言葉が、そのまま歳月や年齢を表わすことを思えば、存命の喜びが季節と無縁であるはずがない。日々の楽しみは季節の実感に結びつく。

さらに一〇八段にはこんな一節もある。

もし人来りて、わが命、あすは必ず失はるべしと告げ知らせたらむに、
けふの暮るるあひだ、何事をか頼み、何事をかいとなまむ。

私たちが生きている今日の日は、最後の一日と同じことなのだ。

されば道人(だうにん)は、遠く月日を惜しむべからず、
ただ今の一念、空しく過ぐることを惜しむべし。

おわりに

この一年半、ある男性とつき合った。その人のことは高校生の頃から知っていたのだが、その頃の私にとって、彼は妙に悟りすましたことばかり言う、苦手なタイプだった。

しかし、およそ半世紀を経て再会してみると、なかなか魅力的な人物ではないか。以前は飛び飛びにしか聞いていなかった彼の言葉に、改めて耳を傾けてみると、実に味わい深い。彼は昔から一貫して同じことを言っているのに、あの頃の私には、それを受け入れる素地がなかった。

十代で俳句を作り始めた私は、四季の移りゆきと、それを表わす言葉に人一倍関心がある。さらに人生の季節を生きて来て、彼の言う無常観が、決して観念的な机上の空論ではなく、日本の季節と風土に密着した人生体験から生じたものであることに気づいた。彼の話にこれほどまでに季語が豊かであるのは、地に足をつけて四季の巡りを五感で感じ取って日々を生きた証といえよう。

「季語で読む徒然草」を連載した月日は、私にとってまさに再会した男性と改めて心が通じ合った一年半だった。大人になって『徒然草』を読み返してみると、実に含蓄に富んだ文章であることに気づく。

世の中のことはすべて、今のまま同じ状態であり続けることはないのだ、と説かれても、十代の若者にどれほどのことが理解できるだろう。人生の真理は、生きてみないとわからない。自分自身も春秋を重ねてはじめて、『徒然草』の一節に思い当たる。

『徒然草』が高校の古典の教科書の定番であるのは、一段ごとに内容がまとまっていて引用しやすいからだろう。そして歯切れのよい名文は、文法的解説に最適なのだ。例えば係り結び、例えば反語、例えば敬語の種類。

しかしながら、亡びゆくものの美、逢えない恋人同士の思いの深まりは高校生には理解し難い。「死をにくまば、生を愛すべし。存命の喜び、日々に楽しまざらむや」。古代ローマの警句「メメント・モリ」(死を忘れるな)に相通ずる言葉を十代の私は聞き流していた。

兼好法師の名は大方の日本人が知っているのに、その人物についてはいまだにわからないことが多いという。そのこともまた、ミステリアスな彼の魅力を増す。生年も没年も、その場所もわかっていない。人は四十に足らぬくらいで没するのが見苦しくない、などと書いていたのに、どうやら七十を越えて逝ったらしい。

最晩年の秋に、

帰り来ぬ別れをさても嘆くかな西にとかつは祈るものから　(兼好法師集)

という本音が見えるのも、人間らしくていい。この世に帰って来ることのない死別を、それにしても嘆くことよ。西方浄土へと一方では祈るけれども、決して悟りすました世捨て人ではなかったのだ。

この連載では、季語をキーワードに、季節によって『徒然草』を分解してしまったが、これを機に改めて通読する大人が増えるなら、季語で読むという新しい視点も許されるのではないか。花につけ月につけ、雪を眺めるにつけ、『徒然草』の名文を思い出すことだろう。その折は、声に出して読んでみよう。

おそらく彼も、時に筆をおいて、夜ふけにひとり、そうしていたにちがいない。

西村和子

本書は平成二十六年一月から平成二十七年八月の間に公明新聞にて連載したものを加筆訂正し、新たに刊行したものです。本文中の引用原文は『改訂 徒然草（今泉忠義訳注）』（角川ソフィア文庫）によりました。

西村 和子（にしむら・かずこ）

昭和23年 横浜生まれ。

昭和41年「慶大俳句」に入会、清崎敏郎に師事。

昭和45年 慶応義塾大学文学部国文科卒業。

平成８年 行方克巳と「知音」創刊、代表。

句集『夏帽子』（俳人協会新人賞）『窓』『かりそめならず』『心音』（俳人協会賞）『鎮魂』『椅子ひとつ』（小野市詩歌文学賞・俳句四季大賞）。

著作『虚子の京都』（俳人協会評論賞）『添削で俳句入門』『季語で読む源氏物語』『季語で読む枕草子』『俳句のすすめ 若き母たちへ』『気がつけば俳句』『NHK俳句 子どもを詠う』『自句自解ベスト100西村和子』ほか。

毎日俳壇選者。

俳人協会理事。

季語で読む徒然草（つれづれぐさ）

2016年9月20日 第1刷発行

著　者　西村和子
発行者　飯塚行男
装　幀　片岡忠彦
挿　画　平田道則
印刷・製本　キャップス

株式会社 飯塚書店
〒112-0002 東京都文京区小石川5-16-4
TEL03-3815-3805 FAX03-3815-3810
郵便振替00130-6-13014
http://izbooks.co.jp

ISBN978-4-7522-2079-2
Printed in Japan